麦田阳光

美丽乡村助读书系

乡村助读，让中国的乡村
从风景到精神愈加美丽。

麦田
阳光

美丽乡村助读书系

乡村助读，让中国的乡村从风景到精神愈加美丽。

李白的天姥

LIBAI dE TIANMU

高洪波 顾问 陈彦玲 主编

陆春祥 著

山西出版传媒集团 山西教育出版社

图书在版编目（CIP）数据

李白的天姥 / 陆春祥著. — 太原 ：山西教育出版社，2024.5

ISBN 978-7-5703-3907-5

Ⅰ. ①李… Ⅱ. ①陆… Ⅲ. ①散文集—中国—当代 Ⅳ. ①I267

中国国家版本馆 CIP 数据核字（2024）第 085984 号

李白的天姥

LIBAI DE TIANMU

选题策划 李梦燕

责任编辑 许亚星

复　　审 霍　彪

终　　审 李梦燕

装帧设计 王春声　薛　菲

印装监制 蔡　洁

出版发行 山西出版传媒集团·山西教育出版社

（太原市水西门街馒头巷 7 号　电话：0351-4729801　邮编：030002）

印　　装 山西基因包装印刷科技股份有限公司

开　　本 890 mm×1240 mm　1/32

印　　张 5.5

字　　数 84 千字

版　　次 2024 年 5 月第 1 版　2024 年 5 月山西第 1 次印刷

书　　号 ISBN 978-7-5703-3907-5

定　　价 36.00 元

根植乡野，眺望远方（代序）

李东华

把“美丽乡村助读书系”做成精品，为新时代新乡村新少年的成长助力，这个美好心愿，把出版者、策划人、作家、编辑聚集在一起，大家郑重其事地播下种子，然后怀着庄重而又快乐的心情，等待所有努力慢慢发芽。

我曾经有幸数次参加“我的书屋我的梦”乡村少年儿童阅读实践活动征文的评审工作，印象最深的就是2019年。面对从海量征文中初选出的近千篇作品，我油然而生一种“一夜好风吹，新花一万枝”的惊艳感。按照评委会要求，终评委们需要优中选优，再从中挑出几十篇最终获奖文章，这可让我犯了选择困难症，因为每一篇都像枝头迎着东风初绽的花朵，各有各的姿态，各有各的鲜妍，共同构成了蓬勃的春天，哪一朵都可爱得叫人不忍心舍弃。

但我想，我的这种“纠结”是一种喜滋滋的纠结——让人一下子就能感觉到，无论大江南北，全国各地乡村的孩子们，并不是仅仅某一地因为水土适宜而长势良好，而是齐刷刷地在拔节成长。这算是从空间这个维度的横向比较。再沿着时间轴纵向来看，我们可以清晰地感受到这几年的征文质量一年比一年高。从这些或长或短的文章中可以看出，孩子们的阅读内容越来越丰富了，小说、童话、诗歌，科幻、军事、历史、天文、地理……不同体裁不同领域，不论古今中外，凡属人类留下的智慧结晶，都在他们尚属稚嫩却又充满好奇的目光之内，都留下了他们求知和探索的小小脚印。

我想，也正是因为阅读的广博，让他们不管是生长于哪片偏僻的乡野，都能够从浩瀚的书海中汲取无穷无尽的滋养，获得世界性的视野。你能够从字里行间捕捉到一种“初生牛犊不怕虎”的淋漓元气，一种与周围世界、与他人、与自我对话时落落大方的自信表情，一种对祖国、对人类、对万事万物的真挚的爱。而这一切的呈现，又依赖于他们对于语言文字的日渐流畅的、自如的运用。

俗话说“熟读唐诗三百首，不会写诗也会吟”，阅读对于一个人写作能力的反哺，是这些征文给予我的第一个鲜明印象。

那些已初步呈现出汉语言之美的遣词造句，那些灵动的、智慧的表达，那些对于生活细节的敏锐、精准的描摹，那些既充满孩子气又闪耀着思想光芒的惊人之语，都无不让人生发“后生可畏”的赞叹。

所以说，尽管摆在眼前的是一篇篇无言的征文，却分明让人看到了征文背后所站立的那一个个活泼泼的、天真烂漫的孩子，看到了新时代乡村少年儿童因阅读的积累而敢于讲述的不一样的“中国故事”。

对于孩子和国家、民族的关系，已经有很多精辟的认识和论述。“孩子是祖国的花朵”，“孩子是民族的未来”，“少年强则中国强”。然而，如果希望孩子们能撑起国家的明天，他们首先要撑起自己的明天，而阅读则是他们撬动未来命运的支点。“忠厚传家久，诗书继世长”，这是在中国乡间最常见的对联，一代又一代的人家将它贴在大门上，可见在我们民族的潜意识中，书籍和人品是支撑一个国、一个家千秋万代延续下去的两根最坚实的立柱。将这样的对联贴在家门上，贴在最显眼的地方，就是在每时每刻提醒每一个人。我想这是一个有着五千年璀璨文明的民族最智慧的共识。而要把这一共识真正落到实处，最需要着力的地方就是乡村了。

相比于有父母督促而阅读环境更优越的都市孩子来说，乡村孩子的阅读可能更需要政府、社会的引领，尤其是数千万父母不在身边的留守儿童，阅读既是他们获取知识的有效途径，更是滋养他们心灵的精神引领。

我常常想，一个人需要有自己的书柜，一个家庭需要有自己的书房，一个城市需要有自己的公共图书馆，那么一个乡村，当然更需要有自己的书屋。

阅读"'阳光麦田'美丽乡村助读书系"这套书，对孩子们来说，能够得到的是思想和精神上潜移默化的熏陶和滋养。而持续地写作、出版一些适合乡村孩子阅读的好书，让这些书在助力乡村少年儿童阅读方面发挥作用，无疑是功在当代、利在千秋的事业——我们不妨来个小小的假设，全国有六十多万个乡村，假设每个乡村书屋中的书籍，能够像投入湖心的石子，哪怕只在十个孩子的心中荡起涟漪，那么全国就会有六百多万个乡村孩子从阅读中受益。

美丽乡村既要实现生态意义上的"绿水青山"，也要构建精神层面的"绿水青山"，从这个意义上讲，用优质图书和阅读协助、帮助、辅助乡村阅读，繁荣乡村文化，是建设美丽乡村的有效路径。

面对这些适合乡村少年儿童阅读的文字，我似乎可以看到，未来的他们，因今天的阅读引领而描绘出自己的梦和憧憬。

这些梦，将根植于他们生活的山乡旷野，更将呼应着远方的星辰大海。

目　录

水边的修辞

题记

扉页上这样写着：你种田，一粒米是一滴汗；我写作，一个字是一滴血。扉页上的句子，不是我原创，不知道谁说的，当时写下，只是觉得适合自己，种田和写作，一样的道理。

1. 水边

浙江302省道，杭州至千岛湖公路51千米处右拐就是我的家，白水小村，一个袖珍型的自然村。《光绪分水县志》称白水庄。农村包产到户以前，几十户人家的白水，有两个生产队，我家在上村，五队，下村是四队。白水隶属于溪对面的广王大队，人们都叫广王岭。白水依山临溪，山连绵成岭，却没有名字，溪叫罗佛溪。

分水江为富春江最大支流，又称天目溪，流域面积三千多平方千米，跨浙皖两省，它也有很多支流，支流的支流，我家门前流过的罗佛溪，就是分水江支流之一。准确地说，罗佛溪应该是前溪的上游，它和来自另一方向的罗溪，在我家对面的百江呈人字形汇合，然后蜿蜒几十里入分水江。

罗佛溪仍然有支流。

白水依的无名山，有两个方向，我们叫小坞和大坞。山只有一二百米高，紧紧拥着溪，路随溪转。小坞不太深，路也比较窄，差不多一个小时就能走到底。大坞显然深许多，长长的机耕路向深处蜿蜒，宽阔得能开拖拉机，行至半途，再左右分岔，右边横坞，左边直坞，一直通到大坞的最高点。山顶有民航的塔台标志，村民们叫它“飞机目标”，这山海拔六百多米，是白水村的最高山。村民们的活动范围基本到此为止，再往远处走，就属别的地方管辖了。物资匮乏的年代，山林、河道都是宝贵的资源，人们领地意识很强，不能随便侵犯。

小坞溪、大坞溪，从来都没有名字，村民们只喊小坞坑、大坞坑。大人们从大坞坑里截出一股清流，直接从一鸾表舅家门边流过，门口坑就形成了，坑两边用石头垒成磡，架上青石板，即是一步可跨的行人桥，或许是世界上最小的桥了吧。

我们的日子往往从门口坑开始。

清晨，坑上游常常是挑水的人们，两只木桶，一只水瓢，一瓢一瓢舀，一担，一担，一天的用水，要挑好几担。我从十来岁起就挑水了，挑不满，几十米路，多挑一担就是。坑下游，妇人们三五聚集，各自找位置洗菜洗衣。坑里有小游鱼，忽撞一下菜，忽撞一下衣。妇人们东家长，西家短，新闻和八卦，反正除了她们自己听听，鱼儿是不会听的。

门口坑，不好听，不过，名称实在不重要，重要的是我们一直生活在水边。

2. 毛故事

长长的炎热夏季的夜晚，索性将竹凉床搬至门口坑边，不是一张，是好多张。大家都出来乘凉，地上泼几次清水，干干净净。凉床上常常挤满大人孩子，有些则索性搬一张竹躺椅，舒舒服服地躺着，卧谈会就这样开始了。幼时关于家族的一些零碎记忆，都来自这七嘴八舌的闲谈。

我们五队，大部分都是母亲这头的亲戚。母亲姓毛，源自江山清漾毛氏。说起这个清漾毛，在外面的名气可不小。历史上，彼地出过八位尚书、八十三位进士，那里是江南毛氏的发源地。1933年，胡适先生还题写过“清漾祖宅”。毛泽东的韶山家谱表明，他的祖先是“祖居三衢”，就是从清漾迁出去的。

外公有六个兄弟，是太外公带着儿子们，从江山来到白水小村的。外公是老小，1949年，母亲九岁时，四十岁的外公因病去世。除老三外，外公的其他几个兄弟都生了不少孩子，所以，母亲的堂哥堂姐一大堆，我的表舅表姨自然也是一大堆，表兄表弟表妹什么的，那就更多。不过，老一辈的，我只见过五外公和五外婆，我曾经在一篇讲“最初记忆”的文章里写到过一个细节，五外公家造新屋，墙脚打好后，他拿着几根点着的香，到几个墙角，东拜拜，西拜拜，我们几个小屁孩一路跟着，虽然不知道是什么意思，但从五外公庄严的神情看，我们都认为，这一定是一件重要的事情。

家里有两样和外公有关的东西，母亲常常提及。

一件是现在饭桌边依然挂着的大镜框，那是外公外婆结婚时几个朋友送的礼物，“毛夹生　何英　新婚大喜”，由此我知道了外公和外婆的名字。母亲常会细心地用软布擦拭，所以，那镜总是一尘不染。

另一件是一个老书箱，其实是一个小型书柜，是太外公传给外公的。太外公，毛石屏，是个秀才。外公读书读到什么程度无法考证，但他后来一直当老师。外公给母亲留下的口头禅是三句话九个字：做人难，难做人，人难做。我相信，母亲小小年纪一定不太理解。我记事时，母亲碰到烦心事、为难事，就脱口而出这九个字。我的耳朵几乎听出了茧，但一直没有往意思上想。后来，我读大学，参加了工作，经历了不少事，每想一次，都觉得深刻，人生在世，立身行事，太不容易。我查不到这句话的出处，但古人早就总结出来了，外公显然是将其作为座右铭念叨，时时警醒自己。

于是，我想尽量探听一些外公的故事。

有一个故事，我觉得能显示出他的这种做人智慧。据推算，外公应该生于1910年，移居白水后，他在分水一带当老师。有一天，从浙西於潜县来了一队人马，到达外公教书的里湖村。为首者叫毛森，彼时，他正在於潜负责整顿国民党部队的军风军纪，类似宪兵队的职能。於潜就在分水县的边上，他来看望同乡同学。毛森比外公大两岁，国民党中将，军统著名人物，是江山“一戴三毛”（戴笠、毛人凤、毛万里、毛森）之一，他毕业于衢州第八师范，先做小学老师，从军从警那是后面的事。外公也是国民党员，但普通得很，只教书。

毛森来见外公，惊动了当地的乡长、保长，他们都陪在一边。除了问候交流外，毛森问外公：生活过得好吗？有人欺负兄没？

外公连声答：好的好的，没有人欺负我。乡长、保长都投过去感激的目光，他们知道，面前站着的是一位令人胆战心惊的人物，弄不好就会丢掉性命。

临别时，毛森对外公说：兄侄子多，我帮你带几个出去吧。

外公又连声拱手感谢：不必了，不必了，让他们老老实实在家做农民吧。

外公这一推辞，救了我好多舅舅。他们如果跟着毛森出去，结局无法预料。此后，我特别关注毛森，抗日反共，有功有罪，后逃到台湾，移居美国。1992年5月，毛森从旧金山飞上海走亲访友，并回江山，了思乡之愿，当年10月在美国去世。我当时刚从毕浦中学调到县委宣传部工作不久，信息不太灵通，如果我知道毛森回中国的消息，一定会去见见他，和他讲讲我的外公毛夹生，我也会讲几句生硬的江山话。

清明节到了，罗佛溪边，银盘山上，成垄成垄的茶叶树，茁壮茂密，太外公的墓就在山脚茶丛深处，拨开茶树，艰难行进至一个高石磡前，有一块青石碑，上面写着“毛石屏之墓”。母亲摆上供品，倒出纸钱，点着一把香，甩一下，灭了火头，分给我们一人一支，纸钱很快燃起旺火。我和妹妹弟弟双手拿着香，虔诚地拜拜，母亲嘴里则念念有词：阿公啊，阿公，我们来看您了，您钱收好噢，一定要保佑我的孩子们！

拜完太外公，抬头望望天，看着袅袅上升的轻烟，心里自语道，太外公应该收到礼物了。四顾一下茶山，天空湛蓝，茶山碧绿，遇上雨天，则一片烟雨朦胧。大约半小时后，母亲说，再拜一拜，我们要去看外公外婆了！

3. 陆故事

王樟松，桐庐县作协主席，他做文化局局长的时候，从桐庐图书馆为我复印了一册1946年修订的《桐江陆氏宗谱》。《桐江陆氏宗谱》共八册，被私人收藏，令人不解的是，那收藏者不姓陆，却不肯将此家谱共享，桐庐图书馆只存有第一册。此前，桐庐档案馆的姚朝其馆长，曾寄给我一册他编著的《桐分谱牒》，上面清楚地写着，桐江陆氏，始祖就是和文天祥齐名的南宋丞相，抱着八岁小皇帝赵昺从崖山跳海的陆秀夫。他从江苏盐城迁居武林，一子从武林迁居桐庐，然后在桐江一代一代开枝散叶。

我父亲陆振国，1933年7月生于分水里邵村，八兄妹，一哥一弟，一姐四妹。我奶奶命苦，生了十五个孩子，活下来八个。里邵在一个深深的山坞里，我小时候去爷爷家玩，从大路（村名）

公路边插进去的一条机耕路走，两山夹着路，路坎下就是溪，不断绕进去，绕过几个小村庄，一直走十多里路才到里邵。父亲高小毕业后参加工作，二十几岁做百新乡乡长，就是现在百江镇的一部分区域，和母亲结婚后，一直住在白水。父亲在东溪公社党委副书记任上一待就是十七年，1979 年调任罗山公社党委书记。1983 年，五十岁的他，在百江供销社支部书记职位上退休。因为妹妹要顶职，只能提前退。

我问父亲家谱的情况，他仅有的一点信息是这样的：他七八岁时（也只是个大约），修过家谱，他和大伯都上了谱，他在谱上的名字叫陆大有。当时只修了六部（也只是大概），保存在堂兄家的最后一部家谱，后来也被烧掉了。我爷爷有三兄弟，再往上曾祖、高祖、太祖什么的就不知道了。父亲说，陆家在里邵已经居住了二三十代。按《桐江陆氏宗谱》的迁移表推算，七百多年，居住地和时间差不多都能对得上。

近两年，我都在读陆游文集及各种陆游传，陆游活了八十六岁，八十五卷《剑南诗稿》，九千多首诗，五十卷《渭南文集》，七百多篇文章，还有《南唐书》、《老学庵笔记》、一百四十多首词……这么通读，是为了写《陆游传》，作家出版社的一个重点出版项目。

又发现陆游和我有点儿关系了。

著名陆游研究专家邹志方认为，陆秀夫是陆游第六个儿子陆子布的孙子，也就是说，陆秀夫是陆游的曾孙，《山阴陆氏宗谱》也这么明确地写着。

可我依然疑问重重，此前，我就致电盐城陆氏宗亲会，他们告诉我，《盐城陆氏宗谱》上，没有记载秀夫公的后代在桐江生活（我内心反驳：没有记载并不等于没有）。我也查了不少资料，邹志方这个观点，我也查了不少资料，其实二十世纪六十年代就有人提出，不过，反对的人也不少，重要佐证就是，陆秀夫的父亲、爷爷，盐城的宗谱和山阴的宗谱上都对不上（我内心反驳：对不上并不表示不是，总有一头错了）。反对方还引用一般人的观点，陆游及其祖上，宋朝时就是名人，秀夫如果是陆游后人，不可能不写上，除非故意（现在还找不到这故意的原因）。

陆游第二十六世孙陆纪生，他是陆游第五子陆子龙后人，前几天他告诉我一个有点儿吃惊的消息：盐城陆氏准备来绍兴认祖。

我还没有问他后面的情况，有没有来，是宗亲联谊呢，还是找到了另外的证据。

见我一直沉浸在这些纠缠中，昨天晚上，陆地突然说：爸爸，为什么不去做个祖宗迁徙的基因测试呢？方便得很。我恍然大悟，赶紧让他下单买了一个试剂。弄清楚自己从何处来，其实不仅是为了自己，也是一个重要的哲学命题，任何一个家族的迁移，都和时代紧密相连，它也是文化史、地理史、民俗史。

三天后，试剂来了，打开，朝试剂里吐几口唾液，摇一摇，封好，再原样寄回。半个月后，基因检测结果来了。

我的独特血统：南方汉族，46.11%；北方汉族，45.14%；苗族，8.22%；中华民族无法细分成分，0.24%；东北亚无法细分成分，0.29%。

这一基因测试透露出的信息是，我的祖先，应该是春秋时期的吴国或者越国人，彼时，吴越的势力范围一度北达山东、江苏，南入闽中，东濒东海，西达皖南、赣东。这个基因的名字是：Y单倍群O-Y137055。理论上，具有这个基因的，都应该是亲人。所以，家族线索中，他们提供了可确认的湘桂冯氏家族，可认领的浙江杭州陆氏、浙江杭州富阳陆氏。而浙江杭州陆氏的始祖是宋代的陆彦端，字伯真，河南汝州籍，太医院任职，从宋高宗南渡迁杭。检测方还提供了一个数据，清朝以来，在全国发现了二百〇四人和我有相同的基因，人数排在前三的省份是浙江、福建、江苏。

从这一结果或许可以推测，我的父系是从北方迁来的，母系一直生活在南方。湘桂冯氏和父系有关系？我立即问父亲。他说，他奶奶就姓冯。这真是太准确了！我当即从网上购买了《南渡陆氏家谱》，家谱中尊陆彦端为始祖。我也想再了解一下和我有相同基因的204人，我觉得这里应该有重要线索。我依然持乐观态度。随着线索越来越多，我相信，祖先们出发的起始点也会越来越清晰！

4. 兄妹

陶渊明有一首《四时》诗是这样的：

春水满四泽，夏云多奇峰。

秋月扬明晖，冬岭秀寒松。

我喜欢陶诗，以前读陶诗，只是关注他的隐逸，归田园居，桃花源式的理想，及至中年，再读陶渊明，就感觉他是特意在天地间修行。那种修行，是完整的，有计划的，尽管生活常常无情捉弄，他依然由着自己的心，潇潇洒洒地生活，他的精神始终高洁。即便是普通的写景，都深含别种寓意。《四时》就是这样。又忽然发现，这诗似乎就是为我们兄妹三个写的，春水是我的笔名，我妹秋月，我弟夏云。有人开玩笑说，你妈要是再生一个就好了，凑齐春夏秋冬。确实，二十世纪六十年代，一家四个孩子极其正常，我笑答：不可能呀，夏云都是父亲从手术台上救下来的。当时因为生活太难了，母亲怀了弟弟，不打算要了，就去分水人民医院做流产，父亲听说后立即赶往阻止，他狂奔到医院时，母亲已经躺上了手术台。

不过，父亲为我们取名的时候，根本没有读过这首陶诗，纯属巧合。

家中的老大，一般都要多承担一些，各种活儿都要干，被生活逼迫得从小就很懂事，父母亲自然也宠爱一些。现在回想起来，一直到我读大学，父母亲都没有动手打过我，责骂和埋怨几声应该有。印象中，只有夏云被打过。父亲在罗山公社做书记，休假时骑自行车回家。夏云那时读初二，在一帮小伙伴的鼓动下，偷骑父亲的自行车，去广王岭飙车，从岭上冲下来的时候，人小车大，车把把不住，将同村的老李头撞得不轻，送进了百江卫生院，自然，免不了母亲一顿打。

秋月妹妹家里活儿做得多，她主要负责打猪草。夏云小，活儿基本不用干，他虽然大学读的是果树专业，但小时候对农活不熟。我们各有自己的玩伴，三兄妹在一起的时候，最多的就是去罗佛溪游泳、抓鱼。

丰水期的罗佛溪，河面达一百多米宽，河北面白水，河南面广王，溪两边田陌相连，远处是连绵的群山。从春季开始，河边就热闹起来，在河中活动最多的，就是孩子们。

大坞溪汇入罗佛溪的接口处，宽阔的石磡下方，形成了一个潭，深处达两米以上。我就是在那里学会游泳的，不过，姿势难看，标准的狗刨式，差不多大家都是这种姿势，游个百来米，没问题，长时间游就累得很。我一直改不了狗刨，去三亚，或者别的海边，大家都下海，我也装模作样慢腾腾游几下，甚至可以仰天躺在水面上游，但都游不了长距离。这个时候，我常有一个念头掠过心中：少年时的学习多么重要呀，就如读古诗文，二十岁以前读的，六十岁也不会忘，而成人匆匆读过，几天就无影无踪了。虽然我们单位有标准游泳池，饭卡一刷就可游，我也嫌累，主要还是不好意思在大庭广众之下狗刨。

自深潭以上，至冯家村，那一段水面，就是我们的天堂。长长的急滩，滩水只有几十厘米深，水波激石，远处看一片白花花。水中乱石林立，露出水面的大石下面，是摸石斑鱼的好地方。看准一块石头，最好是一面埋在沙砾中，一面空的，鱼最喜欢在这里藏身。两手围状伸进，一触碰到鱼，鱼就会迅速甩动身子，两手要快，像钳子那样，紧紧捏住鱼头及鱼身，如果一开始就捏尾巴，十有八九鱼会跑掉，捏住了鱼头，就捉住了鱼。大石斑鱼足有一两重，十来条就一碗了。如果石头四面都空，两手伸进去的时候，更要快，你不知道鱼在哪一头，速度快，依然可以捉住。和石斑鱼体型差不多，鳃和鳍有些红的，我们叫它“苋菜鱼”，也是石头滩里的常客。秋月摸鱼很有技巧，只听见她大叫：哥，一条大的；哥，又一条大的！要不了多少工夫，我们就会摸到十几条，甚至几十条，溪边剖好，回家就可以美美地享用了。

二十世纪九十年代初，陆地在爷爷家的时候，还能在那深潭里游泳，后来，深潭成了浅滩，鱼也不太看得到了，不要说石斑鱼，其他鱼也没有了。我始终不明白，生态保护做得不错，降雨量也没有大的不同，为什么溪里的水就少了呢？其实，罗佛溪还好，许多地方的河流都干涸了。这个问题，我问过生态学家，他们也语焉不详，但也都感觉河里水少了。

物资匮乏的年代，不同的季节，鱼、螺蛳、野菜、野笋、野菌等，就是我们最好的菜肴。下几场大雨，大坞小坞里山脚的草地上，就会长出类似黑木耳类的“地活塌”（学名“地衣”），成堆成堆的，一捡一篮，洗净，炒一炒，清凉可口。

水并不总是如此清凉温柔的。

1969年7月5日，我们兄妹三个都还是个位数的年纪，桐庐发洪水，也就是著名的“七五洪水”。分水江边的印渚公社南堡村，全村被洪水冲得只剩下一棵苦楝树，死了很多人。

与此同时的白水村，我和秋月、夏云都坐到了一张桌子上，母亲在桌边守着，焦急地看着如帘的雨幕，门外不断传来大人们谈论洪水险情的声音。暴雨倾盆，大坞溪、小坞溪的水已经漫到村里来了。罗佛溪更可怕，广王桥早被洪水冲塌，有人掉进了水里，不断有老旧木头及鸡鸭甚至猪浮着从上游下来。我们家老房子是泥墙，怕水浸，一家人都吓得不轻，不过，还没有往后山上跑。

5. 斫柴

千万不要以为我写了那么多的“毛”和“陆”，写了陶渊明的诗，我家就很有文化了，不是的。从我记事到五年半小学、四年中学时期，家里基本没什么书，我也读不到什么书。

我在《在饥渴中奔跑》一文中，写了两本对我影响很大的书：《新华字典》——我甚至都背过；《赤脚医生大全》（偷看叔叔的）——我的生理启蒙，都是从这本书上获得的。父亲在东溪公社分管知识青年工作，他带回一套专门为知识青年编写的系列丛书，历史、天文、地理等都有，有几本忘记了，我都细读过。读大学前，我没有读过世界名著，只在分水中学四合院复习时，夜间偷偷溜出去看过电影《王子复仇记》。

那就不去说那令人遗憾的读书了，虽然那时正是最好的读书时光。彼时的中国农村，我这个年纪的人阅读饥渴是普遍病征，它是社会病，不由你自主的。我估计，城市的孩子会好一些。

没书读，我重点说劳动。

父亲在公社工作，一般每月回来休息两三天，家里主要的劳动力就是外公。外公大名陈老三，江西人，是外婆的第二任丈夫。母亲十四岁时，他来到了我外婆家。我妈二十岁生的我，我一岁多，外婆就去世了，但我和外婆有张合影，外婆和母亲抱着我，我软软地歪着头。母亲说那时我只有一个多月，这是我和外婆唯一的合影。

外公人比较高大，背微驼，但不影响劳动，挑栏粪、挖山开地、放牛，什么活儿都能干，就是不会插秧。后来，他专门为生产队放牛。母亲本来就体弱，家里又有三个孩子，根本无法干生产队的活儿，年终结算时，只有外公做的两三千分工分，于是我家常常“倒挂”。所谓“倒挂”，就是平时从队里分配得到的粮食及其他生活生产资料，都属预支，年终分红时用工分按分值折算，不够的叫“倒挂”。劳动力多的家庭，可以分到几百块钱，我家一直“倒挂”，“倒挂”就要用父亲的工资交进去补，否则来年生产队会停发各种物品。父亲的工资，二十余年没有调过，一直是四十多块，要养这么一家人，日子的艰难可想而知。秋月顶职前，在家干过三年活儿，即便这样，家里依然“倒挂”，我们家的“倒挂”，直至分田到户才结束。生产队都没有了，还“倒挂”什么？

这就是我参加劳动的大前提，秋月比我小两岁，也是主要劳动力，她下课后主要是打猪草，夏云比我小五岁，干的活儿就少许多。

我的劳动，从砍柴开始。

外公放牛，并不闲着，将牛赶进山里，然后割牛草、挖地、锄草、砍柴。我七八岁时，就随外公放牛，我也有装备，穿上小草鞋（下雨天，外公常常自己打草鞋），腰里系着刀鞘，鞘中插着把柴刀。现在无法想象，家长会放心这么小的孩子用刀砍柴。

两山夹着一条窄道，几头牛在前面慢腾腾地行，我和外公在后面慢悠悠地走，牛一边走一边看着路两边，遇到嘴能够得着的青草，它会顺嘴卷起草嚼几口。到山脚下，外公选了个还算平坦的地方停下，他将周边的杂草都砍干净，中间留下几根光光的杂树干，然后指导我砍柴：刀要捏紧，一下一下砍，往柴的根部砍，朝根部的一个地方砍。我想，这大概就是砍柴的秘诀了，如果刀捏不紧，很容易飞出去，砸伤自己，朝一个地方砍，就不会像蚂蚁爬树一样，上一刀下一刀。方法正确，力气虽然小，多砍几下，总会砍断的。指导完，外公就坐在边上，眼盯着我，嘴里不断指导着，纠正着我的错误，见我砍得还顺，他再点起一袋烟，抽起来。

砍完柴，还要学会如何捆，这其实是技术活。

我们捆柴，主要用“坚漆条”，这显然是白水土话，后来才知道，这树名叫檵木，长在山野里，枝条长长细细的。选最粗最长的“坚漆条”，理清细枝，扭住根部，将其一圈一圈揉软，等到整枝都揉软了，尾部方向折一下打个细扣，铺在地上，柴一根一根叠紧，根部的头穿进细扣，慢慢抽紧，柴就捆好了。一般说来，捆柴要上下两道，这样柴就不会散。“坚漆条”如果不够粗不够长，还需要两三根接起来。一捆捆好，再捆一捆。砍一根小杉木作“冲担”（冲担往往自带，质量要好），两头削尖，将两捆柴穿起来，就可以挑了。自然，为了挑柴时休息方便，还要再砍一根“搭柱”（也往往自带）——小杉木或者杂木，粗的一头削成节状。挑柴的时候，搭柱斜撬到冲担下，省力很多。歇息时，将柴的一头靠着一处高坎，搭柱顶住冲担，休息几分钟，再往下一程。

我学会了砍柴，就开始单飞，和小伙伴去砍柴了。

我的砍柴生涯，一本书也写不完，因为那时差不多每天都要砍。

放学回家，匆匆往肚里扒进一碗冷饭，然后上山，天黑前，至少砍一捆回家。有柴的地方，越来越少，爬松树砍枝条，松树会被砍柴的孩子剃得只剩下秃秃的主干。砍一捆柴，要翻好几座山垄。不读书的日子，小伙伴们一起砍柴，都跑到“飞机目标”那里去，从山顶再往下翻几个山垄，那是别人家的林地，算“偷”。那里的杂树，又粗又壮，一根就有一百多斤重，“偷”一根，来回一整天时间。最幸福的事是，父亲回家休息，会来大坞接我。担着柴，走得越来越艰难的时候，突然，父亲出现，随后，在小伙伴们羡慕的眼光中，很轻松地跟在父亲后面回家。

我像猴子那样窜来窜去，附近的山，都极熟悉。有时，看到一丛还没长高的杂柴，位置也比较偏僻，就有些不舍得，先留几天吧，过几天再来砍，而那亭亭玉立、花枝招展的野百合们，却根本无暇顾及它们的撩拨。霜降后，山里常有意外收获，爬着爬着，钻出一树杂柴蓬，伸出头一看，一树野生猕猴桃像铃铛一样挂着，立即先尝几个，然后用袖子擦擦嘴，一个个摘到衣袋中，有时多了装不下，就脱下长裤，扎紧裤脚装。每次回白水村，看见那些山，就会想起砍柴的日子。年少的我，砍柴这件事是值得自豪的，至少，我学会了为家里分担。

砍柴的荒唐事也不少。

有一次，我和表兄陆汉良、骆国城，同村的方其冲，去小坞深处的一个山头砍柴。野花烂漫，红红的“算盘子”、野刺苗，我们一路吃，山里的孩子逮啥吃啥。转眼到了一个山腰，钻进一片玉米地，玉米还没有成熟，玉米秆却正粗壮，那是可以当甘蔗一样吃的。四个十一二岁的小屁孩，一路砍着吃，而且，只吃中间最甜的一截，不知不觉就砍倒了一大片。砍完柴，大家挑着柴各自回家。第二天，看山管理员发现，立即报告大队。“以粮为纲”的年代，大面积损坏庄稼，性质很严重，一查一个准。当天晚上，四个孩子的家长，带着孩子，到大队部开会，接受批评、教育，有没有罚款已经记不得了，反正动静闹得挺大。我们和家长都挺难堪的，母亲并没有打我，但汉良被他妈打了一顿。

经常往山上跑，险情也不断发生，我在《惊蛰》里就写过被竹叶青蛇咬的经历，不再重叙。我的左手中指有蛇咬印，右手掌中，还有一个深深的被竹根尖刺伤的印痕，那是不小心从山上连摔几个跟头，手掌扑进竹根中留下的。我们还得学会避石头，这也是一项山野生存技能，比如，在空旷的山湾行走，上头的小伙伴一不小心踩松了一块石头，石头往你的方向滚来，你要是慌张，极有可能被砸中。躲避石头的方法是，先盯住滚下来的石头看，等到快要接近你时，往左或往右侧个身就可以了。不过，这需要非常镇静和一定的胆量。那种场景，现在想起来，依然有点儿胆战心惊，万一避得慢几秒呢？

现在的公园里，红花檵木已经成为重要的景观树，它和我们捆柴的“坚漆条”同科，檵木花多白色，红花檵木有各种造型，它的花红色、粉红色都有。每当我看到它们的身影时，砍柴的经历就会在脑海中浮现。

6. 放牛

“牧童骑黄牛，歌声振林樾。”那是知识分子袁枚的闲情逸致。

反正，我帮外公看牛，从来没骑过牛，我也不会唱歌。牛在山上吃草，我躺在刀鞘湾的山脚下，那里有一片很好的草地，抬头看天看云发呆。几朵大云飘过山头，我真想一个筋斗踏上那些云，去看看外面的世界。

然而，我眼中的世界是模糊的，不如去溪沟里翻翻石蟹吧，一翻一个准，将蟹剥壳，洗净，一个一个，用细竹枝或硬一点的草串起来，拎回家，母亲用油煎炒一下，加点蒜，也是美味。

1976年，这个年份，印象深，那一年，三位伟人逝世，到年底，数场大雪，天寒地冻，可是，我们不能围在家中的火盆边烤火，我和外公要去割牛草，牛没有草料了。母亲尽可能地将我全副武装，草鞋中穿上厚厚的补丁袜。我们往大坞里去，不时踩着冰冻，路两边山上，所有的树木和竹子都被雪压得七倒八歪。雪深至少三尺以上，雪将整个大地都冻住了，四周全是灰与白。雪地里伸出枝和丫，在白雪的映衬下，呈褐青色，摄影家眼里是风景，我眼中却是一片败落和凄凉。

离“飞机目标”很近的山沟边有多处绿，我们停了下来。外公看沟两边，芒草茂盛，虽然被大雪压着，但可以收割不少。冰冻着的芒草的边缘，如刀般锋利，稍不慎，就会割破手。我戴着棉线手套，刀根本就握不紧，效率低下。拿掉手套，一会儿手指就僵了，割几把，双手努力互相摩擦，再用嘴哈气，作用不大。我忽然灵机一动，解开裤裆，热乎乎的尿液浇在手心，确实够热，这样的取暖方法，生平唯一一次，终生不忘。后来，我在读《格列佛游记》时，读到小人国的格列佛，急中生智，用尿救火，觉得挺好笑。不过，依然没有发现用尿取暖的。有读者如果发现哪位作家和我一样取暖，麻烦告诉我一下。

1978年7月，十七岁，人生第一次高考，做梦一样去分水中学的考场，做梦一样回到白水小村，我考了两百二十多分，数学8.8分。你们别笑，真有小数点的，我已经尽力了。这个分数不知道是不是百江中学最高的，反正，没有人考上大学，整个中学连一个去复习班复习的资格都没有。

牛照常放，其他重活儿也都要干，虽然有点儿像知识青年下乡，打酱油性质，不过，我真不知道还有没有书可以读。先在生产队干活儿吧，反正农活儿我也不陌生，于是，劳动生涯中出现了“壮举”。

生产队对我挺照顾，表舅当着生产队长呢，我的日常工分，已经评到9.8分了，正劳力最高10分，妇女最高7分，正劳力要会种田，做重活儿。我记得的“壮举”是砍窑柴。大队有个窑厂，在对面的广王村，烧窑自然需要柴，窑柴的要求比较低，什么柴都可以，遇柴遇草成片劈下来捆起来即可。我砍窑柴，自然是为了挣工分，工分按柴的重量计算。似乎是将失落都发泄到窑柴上了，我挑着两捆体积硕大的窑柴，稳稳地从大坞里出来，大坞到窑厂，要跨过罗佛溪，至少两公里路，中间歇了几次，早不记得了，只记得称重，两捆窑柴，两百斤重，我自己都吓了一大跳，瞬间又高兴起来。那种心情，不亚于拿一个什么奖，彼时，我的体重不到百斤，瘦弱得很。我至今也不得解，那时为什么有那么大的力气。

挑完窑柴，我到罗佛溪边洗手洗脸，掬一捧水在脸上，沁人心脾，水慢慢滴下去，或许滴下的还有我的眼泪，不是受不了这般苦，只是我看不见希望。我想要读书，可是到哪里去读呢？唐代大诗人徐凝的家就在分水江边，一千三百多年前的一天，徐凝曾经过罗佛溪去他的旧居松溪（徐凝有《再归松溪旧居宿西林》

诗。一直到清朝，罗佛溪都是可以行舟的)。彼时，我抬起头，仿佛看见徐凝就站在我眼前，眼神里充满了鼓励：小伙，这是苦吗？然后他笑笑，往山里走去。

真不算苦。轮滑教练告诉学生说，练轮滑，先学跌倒，不害怕跌倒了，就会滑了。第一次高考失败，就算跌倒一次吧，谁人生中没有跌倒过呢？

百江公社要在双坞村造一个水库，劳力都从各个大队抽，我也被派去了，铺盖、粮食什么的都自带。临行前，母亲为我炒了一罐糯米饭，饭里有肥瘦相间的肉，有豌豆，是我最爱吃的锅巴样的饭。十几里地，一个多小时就到水库工地了。我们的任务是挑土，从远处山边挑土至水库坝面，一趟至少几里远，一担担土倒下，再一层层夯实，几百人的队伍，如南下大军挑军粮，川流不息。我这种瘦弱者，又没有长期的锻炼，哪里经得起连续地挑土，几个小时下来，速度明显跟不上，又不能请假，那多没面子，硬撑到晚上。才第一天，就累坏了。回工棚吃晚饭时，浑身无力，好像生了大病，一点儿胃口也没有，同队的柏清就在我身边，那一罐饭就给了他吃。

丁酉年春节前，百江镇的人大常委会主任吴金法陪我到百江各处走走，特地去看了双坞水库。正午时分，我站在曾经挑过土的大坝上，眼前一库碧波漾在山腰，库中间还有一座小岛，岛上有不少松树。碧绿一直伸向远处，青山葱茏，暖阳热烈，那一刻，我想起了那罐没吃上的香喷喷的糯米饭。

7．“双抢”

砍窑柴，挑土建水库，还不算最苦，最难的要算夏季的“双抢”——抢收、抢种。

江南的农事，特点明显，“双抢”就是如此，早稻收割，晚稻下种，都有时间要求。天正热，人也正忙。我感觉，生产队里永远有干不完的活儿。

凌晨三四点，星星都还在睡觉，打着手电到秧田，先要拔秧，一把一把拔下，洗净，捆紧，几十根秧捆成一捆。队里是记分制，比如，15个秧记1分，起得早，拔上150个，10分就到手了。尽管天没有亮，秧苗田里，唰唰唰拔秧，啜啜啜洗秧，然后用力一甩，快速用细棕叶绕几圈，扎紧，往后一丢，自己的秧自己有数，十个十个码好。早饭前，百把个秧，我也能拔到。不过，拔秧伤手指，秧也有毛刺，拔多了手指容易出血，有的秧板硬，特别难拔，右手食指首先破烂，只好手指上绕几圈胶布对付着。

割稻也要起早，一般都是几种组合，劳动力多的家庭，本身就是一个团队。几个人在前面割，两个壮劳力打稻，脚踏打稻机，一下一下用力猛踩，咕咕咕，机器悦耳的声音，带着丰收的满足。双手捧着稻把，滚动筒快速滚着，插着围簟的稻桶，不一会儿就满了，一箩一箩装满，满一担就迅速挑走。生产队的晒谷场上，早就有人等着，称重，往篾簟上倒，隔几个小时翻一翻，耙一下。傍晚时分，风车扬起，这是一个去瘪留壮的过程，风车下哗哗留下的，都是可以入仓的好谷。

流水作业，各个环节都在紧张有序地进行。

收割完稻，拖拉机和牛上场，外公放的牛就要出力了。人的"双抢"，也是牛的"双抢"，犁，耙，耖，水田细腻平整了，一担一担的秧苗就挑上来了。将秧四散一一丢好，这也是技术活，丢得东倒西歪，不仅不方便种田的人取秧，还极有可能将秧折断。

种田高手们一丢一个准，秧们稳稳地立在水田中，位置间距都恰好。

丢完秧，第一个下田的，基本上是充满自信的高手，秧种得笔直，均匀，速度快。一个一个紧跟着他下田，都在他身旁分开，往往是，最后一个下田，第一个已经将一轮种完了。我们的种田法，一次每人一行种六棵，两腿为界，左右各两棵，两腿中间两棵。种完一行，或两行，两腿往后直退。布袋和尚说，插秧的后退原来是向前。我们都以第一个人为标准，紧跟，不能歪，一歪，后面的秧就可能种到脚孔中去，人还没离开，秧苗就浮起来了，补种费时费力。

种田的快和慢，取决于分秧，拆开一个秧，分出两把，一把拿着，另一把丢到身后，左手捏着秧，拇指和食指并用，将秧分出。一般来说，一棵稻几根秧和品种有关，有的多几根，有的少几根，左手秧分出，右手拿过种下，要想快，左手不能搁在左腿上，搁腿上，姿势会舒服一些，但速度不快。你看到的情景是，左右两手，基本靠在一起，一边分一边种，几秒钟一行，这几乎就是比赛，和天公比，和季节比，和人比。

一轮下来，已经有些累了，但不能休息，要连续，累在什么地方，没有种田经验的肯定不知道，我告诉你，腰累，因为连续数小时弯着腰，那腰就像要断掉一样。种田割稻，腰都受不了。如果你常常伸腰，那是另外一回事，不过，生产队长会把你骂得狗血喷头。

一鸾表舅家的几个表兄，年轻力壮，都是种田好手，他们带上我，一起小承包，从割到种，一条龙，每天我也能挣几十分工分。有一次，一丘田完工，已经半夜，我清楚地记得，大家深夜还在种，“星垂平野阔，月涌大江流”，星月交辉，像极了杜诗里的场景。不过，杜甫旅夜书怀，我们月下种田，罗佛溪也不是大江，没有那么多的急流，但它灌溉两岸农田，却是绰绰有余。好在，虽然累，我们依然比杜甫幸福，老杜是漂泊无依，孤苦凄凉，我们累是累了点，却是自食其力，也不寂寞，大家依然饶有兴致地聊着天。身边绕着的蚊子，毫不客气地吸着血，伸手打，没时间，于是将裤腿退下，随泥水沾着，脸、额头、脖颈甚至耳朵，都用田泥糊起来。有一年我去岱山县的秀山岛采风，体验滑泥项目，全身将海泥涂上，涂的时候，大家嘻嘻哈哈，但我脑中浮现的，竟然就是“双抢”深夜种田涂泥防蚊的情景，一时感慨良多。

“双抢”也有轻松的活儿，就是晒谷，一般人轮不到，队长会让知识青年干。他们拿个长耙叉，不需弯腰，扒一扒，翻一翻，再扒一扒，再翻一翻，在十几张篾簟间来回，然后躲到屋檐下避会儿太阳。住在我家的知识青年萍儿就是晒谷的主力，女孩子，生产队长自然要照顾。

白水有好几个知识青年，四队五队都有，广王大队的知识青年更多，他们有一部分住在知青点，队里专门建的房子。突然，有一天，大队茶厂来了一大队人马，男男女女，都很有文艺范儿，还随车运来好多器材，人和物将茶厂塞得满满的。自这一队文艺青年来了后的大半年时间里，白水的白天和晚上就常常热闹无比。

8. 看戏

这些文艺范儿，来自杭州京剧团，他们来下乡锻炼。茶厂门口有宽阔的空地，一座老坝临着罗佛溪，坝下就是河滩，涨洪水的时候，发怒了的罗佛溪也会漫过坝来。茶厂是一座大房子，两层楼，一楼西头有个较大的土台，演出时，这就是一个很好的舞台，二层隔成几排，小房间里住满人。

文艺范儿们也要参加一些劳动，具体干什么我不太清楚，我只记得他们的排练和演出。那时候的样板戏，大家耳熟能详，《智取威虎山》《红灯记》《沙家浜》《磐石湾》，村里的不少人会唱全本，什么角色都会唱。有人抱怨记性不好，那是听少了，听得耳朵起茧，它就长在你的脑子里了。这些样板戏电影我们也常看，各个角色，印象都深刻。这一回，来了鲜活的杨子荣、少剑波、李玉和、李铁梅、郭剑光、阿庆嫂、座山雕、王连举、胡司令、刁德一，什么角都有，白水人都兴奋起来。平常的茶厂，看不到什么角，一演出，杨子荣们就像模像样了。

刚上初中的我，对于突然出现在家门口的文艺范儿，自然觉得特别新鲜，我似乎闻得出，这一群人身上有我渴望的气息。一个完全没有文艺细胞，却对文艺感兴趣的少年，不会放过这个机会。我长时间蹲在后台，或者边上，看他们排练。我特别喜欢乐器，从来没有看到过这些管呀弦呀，一来二去，吹黑管的高个子史染朱，吹长笛的特别文气的王利生，都成了我的朋友。我不止一次试吹过他们的乐器，但一点儿基础也没有，不可能学会。演出时，我关注的还是乐队，舞台下方是乐池，指挥拿一根小棒棒，乐手在谱架前端坐，挺身，各自拿着自己的乐器。高亢的京胡声响起，抖动抽拉，一点儿不亚于台上杨子荣打虎上山的气势。管乐、弦乐、架子鼓，都让我着迷，还好奇那个指挥，凭什么乐手都听他的呢？乐手的眼神并不盯着指挥，只是偶尔瞟一下。我自然不会知道其中复杂的原理，只是觉得好听，如同酷暑里吃到冰西瓜那般让人清爽。

他们演出的日子就是我们的节日，我发现，那段时间，来白水走亲戚的人也多了起来，大家都想来看鲜活版的现代京剧，情节熟悉，人物熟悉，嗑着瓜子，说着闲话，过年也没有这么热闹。剧团有时干脆直接露天演出，探照大灯如太阳般照射，喇叭里李玉和提着红灯出场的高亢声音直冲白水小村的云霄，连稻田里的虫子都纷纷往舞台这边赶。

村民们和演员都很熟，有时直接喊：郭指导员、沙奶奶，有空到我们家坐坐啊。那些个王连举、栾平什么的，叫的人很少，村民碰到他们也是冷冰冰的。座山雕是个例外，因为他很会搞群众关系，又会讲笑话，村民还是蛮喜欢他的。有一次，我们几个孩子过罗佛溪上的木桥，桥面很窄，正好“王连举”过来了，我们就是不让他，还差一点儿把他挤到桥下。过了桥后，我们就一起喊：打倒叛徒！打倒叛徒！

杭州爱乐乐团的团长邓京山，数十年前和我一起去山西考察，听说我老家在桐庐，就说以前在百江待过，和京剧团有关。写到这一节，我怀着想多了解一些的心情找邓京山聊了聊京剧的事。聊了一会儿，邓京山就说到了史染朱这个名字，我脑中立刻出现了那个吹黑管的青年的形象。邓京山发来史染朱的联系方式，随后我就打通了史染朱的电话，自我介绍后，他说记得我的名字，说起我的“看戏”，他也记忆深刻。四十五年了，往事如天上云一样飘过，白水茶厂的楼上，他们住了半年多，周总理逝世的消息，就是在那里听到的。聊着聊着，史染朱说到了宋佳明，他说宋佳明那时是驻扎在联盟分部的小负责人，我说真是太巧了，杭州艺术学校校长宋佳明，老朋友了。我像以往冬日里在小坞山上挖番薯一样，一串又一串地不断地挖着。宋佳明和史染朱帮我还原了那段历史。

1971年3月23日，佳明说，他清楚地记得这个日子，杭州“五七”艺术学校成立了京剧班，一百多个学生，专攻样板戏，他们都是那一批的学生。1975年年底，艺校学生到农村第一线锻炼实践。因为杭州市文化系统的知识青年都分在百江的广王、冯家、联盟几个村，艺校就到了百江。一百多名学生，一个地方住不下，分成两批，广王大队一批，联盟大队一批。佳明说，广王因为离公社所在地近，住的人就多一些，平时各自工作排练，演出时集中。1976年6月，文艺范儿们结束锻炼回杭州。宋佳明拉的是低音提琴，平时负责乐务，算个小负责人。他说，在联盟，平时也要劳动，就是上山抬抬松树，平整一些土地，村里对他们很照顾，平时排练比较多。那年春节时回杭州，他还在村里买了不少鸭蛋，用盐水腌起来，带回杭州，鸭蛋几分钱一个。

史染朱告诉我，他们在白水待了半年左右，1977年艺校毕业，1978年高考，他和王利生都考上了上海音乐学院。我问如何联系王利生，染朱说王利生大学毕业后，就去了法国留学并定居。这解开了我心里的疑问：来杭州二十多年了，一直惦记着儿时的朋友，我在《杭州日报》上发了那么多的文章，他如果看报，应该看到我的名字。我也问过其他朋友，但都不知道他的行踪，或许他根本就不记得我了，但我还记得他的长笛，文文气气的说话语调，对我来说，这是小村白水的一段有趣记忆，和文艺有关。

宋佳明见我对那一段历史感兴趣，建议说，他去找一些人，都去过百江的，大家聊一聊，一定还有更多我想要的东西。我说，太好了！

9. 高考

1980年7月31日傍晚，连续阴雨后的放晴，白水老房子的后门。我们将饭桌搬出，炒鸡蛋、咸菜老豆腐、长豆角，反正都是农村的家常菜。晚霞满天，空气中透着一股舒适，一家人坐定，吃着饭，聊着天，中心话题是我。高考成绩还没有出来，我也忧心忡忡，那时没估分，心里真没底，我已失利两次（虽然有同学连续复习八年才考上，但那是以后）。农村学生中，应届生能考上的极少，大多数是复习生，前一年的高考，尽管我很努力，可数学只有三十多分，依然没有上线。我极度讨厌数学，也极度自卑，我深知，要想考上大学，必须调整策略，与数学化敌为友。第二年我就干脆专攻数学，从零起步，每天做大量数学题。第三年，我的数学自觉还可以，就是一道关于斜率的题有些遗憾，出了考场，我就想起怎么做了。外公不断地宽慰：你今年一定能考上，一定能考上，通知过两天就到了！自高考后，他就一直这么宽慰我，外公说话有些小结巴，重点句就是“考考考上”。

顺着外公的话题，我真的畅想了一番，假如我能考上，考到哪里去？我最想去的是上海，上海是我记事起就知道的最远的地方，那里有我友香姑妈在，我们都叫她“上海娘娘”（桐庐方言），乌鲁木齐北路三十弄四十三支弄，这个地址如刀刻般清晰。其实，我六个月大时就在母亲的怀抱中去过上海。不过，真正去上海娘娘家，是在大一的寒假，我从金华坐火车去上海过了春节，兰花和雅佩姐姐还给我买了时髦的滑雪衣，做了流行的涤纶喇叭裤。上海娘娘比父亲小了几岁，少女时代，一次偶然的机会随人到上海，当了上海毛巾四厂的工人。她有四个孩子，老小松林和我同年。我的理想是复旦大学中文系，我喜欢读小说，中文系可以读很多文学作品，就这么简单。我真的不知道当时的高考竞争有多残酷，“文化大革命”结束后，十年来未能参加高考的青年，有的快变成中年了，都赶在一起高考。

乘凉聊完天，晚上九点不到，就都休息了，农村人睡得早。外公一直睡楼上，一个人睡。大约半小时不到，楼上就发出了啊啊啊的声音，有点儿响，我和母亲直奔楼上，外公已经说不出话来了，嘴角流着口水，双手乱挥，似在挣扎，母亲让我快去家对面的百江卫生院叫医生。一片漆黑中，我捏着手电筒朝百江方向跑，穿过机耕路，跑过罗佛溪。我知道，溪水刚刚涨过，幸亏有了水泥桥，要是以往的木桥，一涨水就垮，两边交通断了，麻烦就大了。我喘着大气跑到卫生院，值班医生听我简单描述后拿了听筒，背起药箱就跑。我估算，叫医生来回，一共半个小时多点。我们回来时，外公已经完全昏迷，一测血压，无疑，是高血压引起的中风，只是，外公平时也没什么病，从来不看医生，我们都不知道他有高血压。外公陈老三，刚七十岁，就这么走了，没有留下任何遗言，他唯一惦记的，是我这个外孙的高考。两天后，我的通知到了。后来，我才知道，7月31日，高考成绩其实已经到达县教育局，只是由教育局通知到中学，再通知到个人需要时间。

外公出殡时，我捧着“倒头饭”在前面引路。“倒头饭”是百江乡俗，人去世后，一碗饭上竖卧一个剥去壳的鸡蛋，鸡蛋中间插一双筷子，放在死者的头部位置。此饭一直要放到出殡，之后安放在死者的坟前。按乡俗，捧“倒头饭”的应该是长子，外公只有我这个外孙，只能我来捧“倒头饭”了。“八仙”（八个抬棺人）抬着棺木，几十米就要停下来歇，这是仪式，棺木停下来时，哭声一阵骤响，我就跪在前面。一直抬到小坞口的响锣山，上山几十米，外公的坟坑就到了。“八仙”们卸下抬杠，用多圈绳子吊着棺木，小心翼翼地将棺木放进坑底。铲土覆盖前，我声嘶力竭地大喊一声：外公，天塌下来了！我一直忍住哭，心如刀割般痛，喊完这一句，再也忍不住，大哭起来。这情景，至今想起来，依然止不住眼中盈泪。随着我的哭声，又一阵哭声骤响，“八仙”们纷纷铲土，做坟。父亲在外公的坟边种了一圈柏树和杉树，外公就那样永远躺在了青山的怀抱中，前方广阔，东方升起的太阳，日日陪伴着他。

料理完外公的丧事，我去分水中学领高考通知单，填志愿。我的语文73分，数学71分，政治84分，地理80分，历史66分，都是百分制，外语12分折算成绩4分，总成绩378。数学很满意，语文也还可以，据说成绩是全县比较高的。历史最擅长，考得却非常不理想。我所在的文科复习班五十来位同学，本科专科一起，达线16位。老师看着我们说，你们能考取，已经很优秀了。今年整个浙江省高考，参考三四十万人，文理的本专科只录取12 500人。你们文科，算起来，录取率只有百分之三四。真有这么难吗？我们都不知道。填志愿时，也是老师怎么说，我们怎么填。当年浙江师范学院首次按重点大学录取，我就糊里糊涂去了中文系，志愿有没有报也不知道。我的分数比松林表兄还要高7分，他被复旦大学国际政治系录取，我却够不着。那时，我真的很羡慕他去上海。后悔呀，该死的斜率，要是那道斜率题做出来，要是历史发挥正常一些，我相信，我能去复旦中文系！

年年清明节，我们去祭扫，眼看着外公坟前树一点点高起来。四十余年过去了，外公坟前绿树早已成荫。母亲和我都感慨，要是外公生前知道我考取了大学，那该多高兴呀！这成了永远的遗憾。要是外公能多活二十年，那我们至少可以多尽一些孝。他没有真正享过福，似乎永远干着各种活儿。下雨天，他也默默坐在天井边上打着草鞋，累了，抽一袋烟，抽完烟，烟杆在凳上磕一磕烟灰，继续默默地打草鞋。

现在想起来，最遗憾的，是外公连一张照片也没有留下，我又不会画画，无法具象描绘他的音容笑貌，只能勾勒如此。

10. 白云依水

2020年国庆长假，我回白水，在白水住了两夜。

踏着罗佛溪岸的绿道，进了仿古院门，面前是一片茂盛的草地。这是一个大院子，里面分层布局，树、花、草、躺椅、秋千、石凳，看书、喝茶、闲聊，浓密的草丛中，打滚都可以。主建筑是一座老房子，格局依旧，高高地挑空一层，光线透过屋顶的明瓦射进屋内，还有古朴的檐梁结构。二楼边上应该是小阁楼，坐在那里喝茶聊天，别有趣味。

这就是我们看戏的地方，老茶厂和知青点改造的。民宿的主人胡文霞和任小明在杭州工作，他们学的都是建筑设计。文霞从小就在溪边长大，我们叫她小霞，她父亲是村里的电工，也是我们读公社高中时的物理老师。当民宿兴起的时候，他们夫妻就盯牢了这个旧茶厂，有溪有水有老房子，风景就在家门口！

中秋次夜的月亮，看起来要比十五的月亮明亮许多。圆月缓缓升起，自白水桥下至百江桥这一段的四周，柔软而有弹性的绿道将罗佛溪围成了一个漂亮的盆景。两岸是石头拱坝，下游是橡皮坝，中间是波平如镜的溪面，硕大的月亮映在水中央，倒映的灯光就如围着月亮的星星。一阵山风掠过，波澜微起，月亮和星星会轻轻晃动起来。三两行人，沿着盆景边的绿道健步，从说话声音听，有不少是外地游客，远处也有广场舞的音乐传来。农村人的生活方式和城里人已经没有多大的区别，我家门口就有两只垃圾箱，母亲对垃圾分类要求很严。但是，我在运河边锻炼，常常要说“借过，借过”；在西湖边夜行，更要当心撞着或踩着人家；这里，你默默地走，或者放声唱着歌走，一切由你。

我从汽车后备箱里拖出音箱，拿出萨克斯盒，好久没吹了。在白水，在罗佛溪边的夜晚，对着群山和月亮，可以放开吹，想吹多久就吹多久。母亲身上常常这里痛那里痛，我回家一吹萨克斯，她就说不痛了，兴致浓时还跟着唱。百水居前的临溪小平台是天然的舞台，一曲未了，身边已经围了一群人，小霞夫妇还在平台周围点起了不少蜡烛。这一夜，我吹得尽兴，烛光轻曳，萨克斯声穿透夜的黑，向远处四散，村庄在听，群山在听，就是罗佛溪里的鱼，我料定，它们也在听。

说到罗佛溪里的鱼，嘴里的津液不知不觉满了起来。

2012年的国庆长假，我基本都猫在白水写东西，记得是在写《西湖》杂志第12期的专栏。这最后一期，我写的是关于明代著名哲学大师王阳明《传习录》的随笔。白水很宁静，没有浮华，隔着时空，很惬意地和王阳明作了一场格物致志的心灵对话。清晨，还在床上，听得楼下夏云弟弟在和父母聊天，他那时在萧山做镇长。毛镇长有早起的习惯，这一天，他特地去了百江镇上的农贸市场转悠。他说他很兴奋，因为看到了有人在卖野生鱼，石斑鱼、黄刺鱼等，有的如筷子那么长。最最关键的是，这些野生鱼都是从罗佛溪里捉来的。为什么溪里的野生鱼长这么快、这么大了？镇长随机采访了下说，现在的河段都是分段承包管理，这几千米你管，你就会尽心尽职，别人也不会随便去电鱼或炸鱼了。噢，看样子，管理就是保护，还出效益了，它可以让我们吃到野生鱼。

假期那几天，我们是享足了口腹的美味。中餐和晚餐，全家十一口人，餐餐像过年。鱼，野生的，一餐必须要烧两盘，因为有一餐只烧了一盘，陆地同学说，他的筷子都没有沾到。唉，夏云叔叔笑他，美国回来的留学生就是不一样，太文气了！猪肉是村里农家现宰的，正宗土猪肉，吃草长大。母亲很骄傲地说，买肉那个场面啊，大家抢一样，她连连高叫，给我多称点多称点，我们家几个孙子孙女都回来了！不一会儿，一头猪就抢光了。鸡，那一定要能飞上树的天天在树林里敏捷捕虫的才吃。蔬菜，自家种的，邻居送的，清一色的绿，豇豆、小青菜、毛豆，都带着心跳。呵呵，每每饭后，大家都笑哈哈自嘲，吃撑了，吃撑了！

思绪拉回。

夜渐渐安静下来，百水居的草坪上，我和小霞小明依然聊得兴致勃勃。这几十年，话题太多了。先聊她爸，我们的物理老师。我是典型的文科生，数理化都不喜欢，“学好数理化，走遍天下都不怕”，这样的顺口溜很打击我。物理课要做正负极实验、学装电灯什么的，我一概不会。不过，胡老师笑眯眯的，对同学们都很和善。他知道，课程并不重要，农村的学生，反正都要回家务农。

许多老师自己也没弄清楚，怎么教得好学生？对面柳山上，广王庙有灯光闪烁，我们又聊广王岭。几十年前，我们从来没想过，为什么叫广王村？不知道，大家都不知道，没有人关心，在文化和知识都成过街老鼠的年代，跟着叫就是了。现在知道了，要修镇志、村志，将那些沉在时间深处的历史都梳理了出来，广王原来是个人呀！

广王庙也叫柳山庙，据《民国分水县志》记载，庙中供奉的是晋代一位姓柳的内史。柳内史镇守新安，以兵数万御寇境上，未及返而殁。灵车过柳山，忽然重不能举，百夫挽之也不动，遂就地葬此，并立庙祀之。山因公姓柳，遂称为柳山。后梁贞明四年（918），吴越王请封柳内史为尚书左仆射、广福侯；后唐清泰三年（936），加封宏仁广信王；宋嘉定十一年（1218），赐庙号灵祐；元至正年间（1341—1368），分水县尹高昌请于朝，加封宏仁忠祐威胜王；明洪武二年（1369），柳山庙毁于大火；洪武七年（1374），分水知县金师古重建；清乾隆五十六年（1791）复毁，次年重建。

嗬，原来我们广王村这么有历史，柳内史数次加封，由人演变为神，是民众的信仰诉求，也是历朝历代统治者统治民众的需要，有神保佑，你们只需要老老实实本本分分做人做事就行了。

我们村这样，其他有历史的村也如此，我相信。

说完了广王，百江怎么来的呢？也是有趣。百江只有一条溪，没有一百条江，百江原先叫百杠，土话叫着叫着就成百江了。为什么叫百杠？这一带山多、树多，山木都从溪里扎成木排往下放，到了百江，罗溪和罗佛溪交汇，水势大，排上所有排工都要将篙用力插入水底，以便减速通过，百杠便由此而生。木排连着木排，排工齐齐奋力发出呼吼，紧张而刺激。其实，这是山人们的劳作常态之一，那样的场景，和眼前罗佛溪水的平静，仿佛是两个时空。

小明是绍兴人，他对我写小村白水极感兴趣，他说大坞小坞他都详细考察过，我们便索性说白水。我知道，一个设计师如此恋白水，是好事。

白水一定也和水有关。王樟松告诉我，罗佛溪流过我们村前这一段时，乱石急滩，水激石撞，不断翻滚出白色的浪花，远看一片白，白水就这么叫出来了。很美的场景呀，我喜欢浪花激起的溪面，太阳朗照，浪花们载歌载舞，生机勃勃。

母亲给了我一个旧纸袋，说是我的东西，从外公的书箱里找到的。临睡前，我细翻，一本旧杂志、一个旧笔记本，杂志是《浙江师范学院学报》（社科版）1985年第1期，封面很旧，却干净，里面有我一万多字的大学毕业论文《新修辞格辨》。我太熟悉了，大学三四年级，我将所有的业余时间都花在了修辞研究上，一百元的稿费，抵过刚工作时两个月的工资。笔记本是我二十多年前差不多用完的一本手稿，里面有不少习作，封面有一句毛姆的话："一个人既然下了决心，最好是立即行动。"扉页上这样写着："你种田，一粒米是一滴汗；我写作，一个字是一滴血。"扉页上的句子，不是我原创，不知道谁说的，当时写下，只是觉得适合自己，种田和写作，一样的道理。

一夜深睡。清晨，推开后窗，兴趣盎然地看着眼前陌生而熟悉的世界：白墙黑瓦，晨炊袅袅，小村沐着晨光，大坞小坞如在画框，山连山，云叠云，层次递进，逶迤至"飞机目标"，像极了黄公望笔下的《富春山居图》。我不确定黄公望有没有经过我家门口，但他一定长久地在富春山里转悠过。我忽然想到了白水小村新的注脚：

白云生处，依水的小村庄。

山风不动白云低，云在山门水在溪。

我的出生地、生长地，我心心念念的白水，南方中国一个普普通通的山水小村。

一平方英寸的寂静

题 记

人类不是世界的主宰，无论植物或动物，都在同一现场，相互依赖，任何生物都无法单独生存。

保护寂静，聆听大地的声音。

1855年，美国西雅图酋长为印第安土地部落的购买案，写信给富兰克林·皮尔斯总统，信里有这样两句话：

如果在夜晚，听不到三声夜莺优美的叫声，或者青蛙在池畔的争吵，人生还有什么意义？

现在，我的窗外，是机器间歇的轰鸣声，铁钻机钻钢筋水泥，嗒嗒嗒的节奏，强劲有力，要将硬水泥地钻通，仿佛要将你的心脏一起钻碎。

这种建筑施工的声音、装修的声音，在城市随便哪个角落，随时都能听见。

几乎所有的人，都烦噪声，但又在不遗余力地制造噪声。

用科技的手段来对抗噪声，虽然小有成就，但力度小，人类并没有像对待癌症那样重视。

于是，我们都很向往一种环境，一种安静的环境——想那苍穹下，一望无际，满地青草和鲜花，还有飞鸟在陪伴我们；想采菊东篱下，悠然见南山；想门对千棵竹，闭门即深山。

这纯属奢侈，要在当下的社会，找到一块安静的地方，很难。今日，宁静就像那些濒临灭绝的物种一样。

R. 穆雷 · 谢弗在《声景学——我们的声环境与世界的调音》里曾经提议，把能否听到自己的脚步声，列为衡量城市的噪音标准之一。他的意思可以这么理解：我们居住的地方，应该安静到足以听到自己或者他人走路的声音。

然而，除了那些无人烟的荒漠高原外，各种机器声，就是主导我们这个世界的主要声音。

到哪里可以找到安静呢？绝对的安静肯定没有，地球上最安静的地方，应该是实验室。美国某实验公司有个无响室，位于边远地带，底噪只有负九加权分贝。

尽管安静是奢侈品，但我们很多人，还是在不断寻找自然的宁静点。美国声音生态学家戈登 · 汉普顿也在找，几十年来，他都致力寻找寂静的声音，寻找那一平方英寸的寂静。

我将汉普顿的这种行为，当作一种实验。

2005 年 4 月 22 日，世界“地球日”那一天，他独自到美国奥林匹克国家公园的霍河雨林，在距离游客中心大约三英里的地方，将印第安部落长老送给他的一块小红石，放到一根圆木上，并将那里命名为“一平方英寸的寂静”。他设下这个标记，希望有助于这个偏远荒地的自然声境的保持和管理。他会定期到那里，监测可能入侵的各种噪音，记录下噪音发生的时间，还尝试确认噪音的来源，再用电子邮件通知对方，向他们解释保存仅余的自然寂静声音的重要性，请他们自我约束。他还会随信附上一张有声唱片，上面有噪音入侵的实况。

汉普顿录制声音，已经超过二十五年，他的声音图书馆里，藏有3 000GB的声音，包括蝴蝶鼓动翅膀的声音，瀑布如雷般的轰鸣声，一片水中漂浮的叶子细微的声响，草原幼狼低柔的咕咕声，传授花粉的昆虫拍扑翅膀时柔和的声音等，可以说是收纳万籁。

一平方英寸的寂静，有什么实际意义吗？在大部分不理解的人看来，这就是矫情，或者是小题大做，或者是愚蠢。汉普顿却认为，如果能保存一平方英寸的寂静，就能减少一千平方英里内的噪声污染！也就是说，大自然的一片寂静，是能够支配四周许多平方英里的。

他的体验是，一个安静的地方，能让人的感觉全部打开，万物也会生动起来。

汉普顿的记录告诉我们，在美国要找到连续十五分钟以上的寂静，极度困难。在欧洲，这种寂静更是早已绝迹，现在大部分地方，已经完全没有安静的地方，反而是全天二十四小时都存在着一种以上的噪音来源。

我们来看看，这个声音生态学家的敏锐听觉。

这是一次平常的记录，在他的一平方英寸目标点。

五十英尺外，传来西方鹪鹩的叫声，四十加权分贝。

三十英尺外，传来红胸鸸和栗背山雀的叫声，四十五加权分贝。

下午一点四十五分，一架直升机沿霍河河谷的北脊飞过，五十加权分贝。

大叶枫林里，强风从河谷吹来，每片叶子从六英尺高掉落到蕨叶上，平均会发出三十加权分贝的声响。

单只熊蜂嗡嗡飞过，音量可能在三十四至四十四加权分贝。

整个早上，他都在静静观察周遭的自然奇景，三十英尺外有一只树蛙，五十五加权分贝，它的声音几乎跟人类平常聊天的声音一样大，听得很清楚，缓慢、从容、清晰。

他开始搜寻麋鹿。他朝步道走了一小段，这时，从低矮的白珠树丛里，传来一种微弱、干脆、叮叮咚咚的新声音，他立刻静止不动。仔细搜寻后，他发现，矮树丛上，有一些铁杉的针叶，抬头看，它们是从一百英尺以上的高空掉落的。

在一般人眼里，做这些事情，且持续数十年，是不是有点儿枯燥无味呢？

这得看怎么理解了。汉普顿眼中的寂静之地，是一块神圣的地方，他记录并极力保护那一平方英寸，是因为他比我们常人对寂静有更深刻的理解。

他理解的寂静，有内在和外在两种。

内在寂静，是尊重生命的感觉。我们可以带着这种感觉，去任何地方。神圣的寂静，会提醒我们是非对错，即便在城市嘈杂的街道上，仍能产生这样的感觉。内在寂静，属于灵魂层次。外在寂静，是我们置身于安静的自然环境，它邀请我们敞开感官，与周围万物产生链接，无论我们望向何方，都可以看到相同的链接。外在寂静还可以帮助我们找回内在的寂静，让心灵充满感恩，富有耐心。

这也许就是汉普顿和别的一些科学家不一样的地方，他是世界上最好的倾听者，有着卓识远见。他在用心实验，他的实验是科学和诗意的交融，他试图找出人类烦躁的病症，他似乎也是中国古代哲学良好的践行者，天人要合一，道法存在于自然中。

2016年4月30日夜十点，窗外仍然喧闹，我读完汉普顿的《一平方英寸的寂静》，胸中起伏，在扉页上草草记下以下几句：

应当觉醒，拯救寂静，是因为寂静变得稀有，差不多快灭绝了。

寂静，是另一种独特的声音，其实也是万物俱在。空气是翅膀留下的音乐，万物都在音乐中舞动和谱曲。

人类不是世界的主宰，无论植物或动物，都在同一现场，相互依赖，任何生物都无法单独生存。

保护寂静，聆听大地的声音。

杂草的故事

题记

杂草至少在提醒我们，生活不可能整天整洁光鲜，一尘不染，人类应该像杂草一样，学会在自然的边界上生存。

我们都要将杂草除之而后快。

在水稻生长的季节，有稗草混杂其间。起初，人们还识不清它的面目，拔节时，稗的尾巴就露出来了，它显然比稻粗壮，且颜色越来越青。稻已经开始谋划孕育生命，稗却只顾抢夺稻田的养分。迅速拔掉，坚决不能让它伤害稻类！稗，虽然也是禾类，但它已是身份卑微的象征。和卑有关的词，都不怎么有地位，比如婢女。

稗草是典型的杂草，人们虽尽力除稗，但它仍能让自己的种子混进稻种里，来年一起被播种。还有野燕麦，也一样能混进麦粒中而不被发现。人们只是不断陈述杂草的危害程度，却不太了解它的前世今生，更不知道无数杂草有着怎样的命运。其实，细细体味，杂草的生长，很有些哲学含义。

英国博物学家理查德·梅比，他的《杂草的故事》，从园艺、文学、历史的角度，探究了许多杂草的来龙去脉，让我们得以重新审视那些不起眼的杂草。

顺着梅比的思路，我们来厘清几个关于杂草的概念。

1

杂草是出现在错误地点的植物。

这个观点，如同我们比喻垃圾，垃圾是放置错误的宝贝，因为垃圾是宝贝，所以才会有那么多的人寻宝贝，而一般人都将它当作垃圾丢弃了。

杂草也是这样，这个地方是宝贝，换个地方就成了杂草，反之亦然。

例子比比皆是：独脚金，原产地肯尼亚，它的花朵被用来铺在迎接贵宾的道路上，而在美国东部，独脚金却使上万亩农田颗粒无收；罗马人把宽叶羊角芹引入英国，因为它有缓解痛风的药效，还可以当食物，但两千年过去，这种植物再无药用价值，变成了英国花圃中最顽固、最难除的令人厌恶的杂草。

2

杂草只是没有被人类驯养。

我们很自然地将叫不出名字的植物统称为杂草。

但对于那些已经知名的草，却有一种莫名的崇拜。端午过后，许多人家门上还插着干枯了的艾叶。古罗马哲学家阿普列尤斯在他的《植物记》中这样讲“艾草”：若将此草之根悬于门上，则任何人都无法损坏此房屋。关于“蓖麻”，他这样写：将此植物种子置于家中或任何地方，可保此地不受冰雹袭击，若将此种子悬于船上，则可平息任何暴风雨。

我居住在大运河杭州终点的拱宸桥边，运河两岸，长着无数的花草，有人工种植的，也有自然生长的，简单数数，不会少于一百种，可我只认识很少的一些。我的内心，常常将那些叫不出名的，称为杂草杂花。其实，在农艺花木专家眼里，大部分应该是有名字的，只是一般人不知道。

所以，被称为杂草的植物，其实遍布每一个植物类群，从简单的藻类到森林里的大树，哪里有人类，哪里就有杂草。而且，总是那些叫不出名的杂草，生长得最旺盛。你虽然不去刻意照顾它，它却吮吸雨露，沐浴阳光，长得欢快，欣欣向荣。英国作家理查德·梅比观察说，如今世界上杂草生长最繁盛的地方，正是除草最卖力的地方！

这就很让人思考。杂草与人类比邻而居，人类与杂草，保持着共生关系。这意味着，人类从杂草中得到的好处，一点儿也不比其他植物少。杂草是最早的蔬菜之一，是最古老的药材之一，也是最先使用的染料之一。《诗经》中一百多种植物，在先民眼里，就是杂草。

我立即想到，我们身边的那些动物，命运也和杂草一样，是不断驯化的结果。如鸡、狗，原来也是“杂兽”，很久很久以前，鸡、狗和人类共处共生，慢慢亲近，最后成为朋友，谁也离不开谁。

3

杂草的可怕纯粹是人类的短视。

现实世界，危害极大的杂草确实存在，但杂草的危害力，也是人类对自然界的破坏造成的。一种植物成为杂草，且凶狠勇猛，纵横多国，是因为人类把其他野生植物全部铲除掉，使这种植物失去了可以相互制约、保持平衡的物种。

我们来看，世界危害最大的杂草之一，危害排名第七的丝茅。

越南战争期间，美国向越南喷洒了一千二百万吨的橙剂，此剂臭名昭著，是因为它能让雨林所有的树叶都脱落。美军洒剂，就是为了使越共部队无处藏身。半个世纪过去了，当年茂密的雨林，现在仍然生长着坚硬的丝茅。每当树木脱叶，丝茅就会旺盛生长一段时间，可一旦树荫重新遮住阳光，丝茅即默默退去。越南人一次又一次烧丝茅，越烧长得越旺，他们尝试种植柚木、菠萝甚至强大的竹子，以遏制丝茅，但一次又一次失败。越南人骂它为“杂草”。

有消息说，丝茅躲在亚洲出口的室内包装里潜入了美国，如今，正在美国南部各州疯长。这是丝茅的复仇吗？

其实，丝茅是东南亚森林地表植被的组成物之一。在我们周围，丝茅到处都是，可以说，那些绿化不太好的地方，贫瘠的山沟地边，裸露的岩石上，到处都长着丝茅，顽强得很。我在中学读书的时候，节假日就割过这种茅草，收购站会收，和芒秆一样，造纸用。

丝茅青青，它的茎叶，牛羊也会吃。

中医里，草和药同源，丝茅也有药用价值，利尿，清凉。

4

杂草生命顽强，无处不在，仿佛是从神灵那里得来的无穷力量。

英国植物学家爱德华·索尔兹伯里成功地将从蝗虫粪便里提取的种子种活。他还从一只红腿鹧鸪伤腿上的泥巴里，培育出八十多种植物。他很出名的一个举动是，从自己裤脚卷边带回的零碎中，培育出了二十多种计三百株杂草。

科学表明，一棵颇具规模的毛蕊花或小蓬草，能够有超过四十万粒种子。风滚草的种子，能在三十六分钟内萌发。千里光从播种到开花再到播种，整个生命周期，只需要六周。

种子可以休眠，二年、三年、五年，三十年……甚至三百年，数千年，六七亩的农田中，可能含有一亿粒休眠的种子。土地中杂草的种子，永远除不干净。我看过一个纪录片，说是有机构在南极建立了一个种子库，里面有成千上万种人类生活需要的种子。种子可以存活一千年以上，如果哪一天，地球发生毁灭性灾难（肯定不是地球没了），这些种子就可以帮助我们重建家园。

难怪，杂草无处不在，即便在光光的岩石上，千年的枯枝中，只要迎风有雨，都会蓬勃生长。

5

在中世纪，至少有二十种杂草被人们赋予魔鬼的恶名：春黄菊——魔鬼雏菊；菟丝子——魔王丝线；荨麻——魔鬼叶；蒲公英——魔鬼的奶桶。

有恶草，就会有仙草。车前草，就称为“百草之母”，几乎所有的古老药方中，都有车前草的身影。不仅如此，传说，车前草还是一种占卜草，可以帮助人们预见未来。

1694 年 6 月 24 日，英国自然哲学家约翰 · 奥布里在散步时，看到二十几个女子，她们中的大部分人衣着光鲜，跪在地上，十分忙碌的样子，像是在除草。约翰 · 奥布里上前一问，原来她们在找爱人：她们在找车前草根下的木炭，晚上把这些木炭放在枕头下，就能梦见未来丈夫的模样。

三色堇，又叫静心花，一种常见的农田杂草，却成为爱情的象征，引发人们各种浪漫的想象。它的花，像一张沉思的小脸，有两道高高的眉毛，可爱的两颊，一个下巴，还有看起来很像眼睛或者笑纹的细线条。

三色堇的形状，在浪漫的法国人看来，一张脸变成了两张脸，仿佛两个嘴唇在接吻。于是，关于三色堇的各种代名词和形容词如潮涌来：吻我然后抬起头来，花园门后的吻，在花园门口给我一个吻，给我一个蜻蜓点水的吻，跳起来给我一个吻……法国人似乎整天生活在浪漫的海洋中，太能想象了，只是一朵杂花而已。

6

孤独的野外，默默地开着的，是一朵朵不起眼的小花，因为无名，被人忽略，于是能活下来撒播种子。来年，它们又子孙满地，风轻扬，倔强地生长。

杂草的故事，还有许多隐喻，人类不一定非要将自然世界分成野生与驯养两大部分。杂草至少在提醒我们，生活不可能整天整洁光鲜，一尘不染，人类应该像杂草一样，学会在自然的边界上生存。

此刻，雨后，我到了楼下，在壹庐的院子中仔细看了看，这里也有好些不知名的杂草，摇曳婀娜，估计它们是去年藏在各种花木的泥盆里一起迁来的。我决计不清除它们，都是客人，让其自由生长。它们原本也是有名字的，就如茫茫人海中的陌生人，只是我不认识而已。

泥土去哪儿了？

题 记

我们正在耗尽泥土。

张伯伦警告人类：如果土壤消失，我们亦将消亡，除非我们能找到以岩石为生的方法。

建房造桥，往泥土下打个几米就碰到地球的骨头了。

泥土就是地球的皮肤。如果按人的皮肤比例来看，地球的皮肤比人的皮肤更薄，更脆弱。

1

在我读到美国学者戴维·R.蒙哥马利的《泥土，文明的侵蚀》一书前，我一直没有想过这样的问题：我脚下的泥土是从哪儿来的？

泥土从哪儿来？是地球生成的时候就有的吗？

不是的。四十亿年前，地球表面的温度接近沸点。也就是说，那个时候地球上并没有地，只有岩石。幸运的是，这些岩石上，生长着一种嗜热细菌。你要问我，这细菌从哪里来的，我不能回答你，科学家也不能回答你，你硬要问，就会进入先有鸡还是先有蛋的圈子里去了。总之，这种细菌就那么存在着。嗜热细菌干什么呢？它们没闲着，在它们的辛勤工作下，几十亿年下来，许多岩石转变为原始土壤，它们还消耗掉大气层中的二氧化碳，地球的温度下降了三十到四十度，这些能生产土壤的细菌，是地球的功臣，没有它们，地球永远无法成为可居之地。

达尔文一生写了十六本书，最后一本大多数人不知道，书名长长的，《树叶为何发霉，透过对蚯蚓行为习惯的观察》（我家陆地同学意译)，是研究蚯蚓如何将灰尘和腐烂的树叶变成土壤的。

环球旅行结束后，达尔文回到了自己在英国的家。这位致力昆虫及植物研究的专家，在自己家门前又有新发现——地面上，每隔一段时间，就会出现新的地表物质，是蚯蚓拱上地面的。这些物质与那些灰渣覆盖下的细土极其相似，地底下的蚯蚓到底在干什么呢？它们是不是在慢慢制造土壤？

自然，这又是一个疯狂的想法，达尔文的许多新发现，起初都被人们认为是疯了的想法或举动，就如他捉甲虫，手上捏一只，将另一只甲虫放进嘴巴却遭到甲虫攻击一样。

达尔文在客厅里开始养蚯蚓观察（自然是放在罐子里啦)。他尝试不同的喂食蚯蚓的方法，并测量它们究竟能在多快的时间里将地表的叶片和灰土转变为土壤。最后，他得出结论：全英国的菜地，已经多次被蚯蚓的肠道，一遍遍地吃进排出。这个结论明确告诉人们，蚯蚓是土壤不断累积的最大功臣。

难怪，荀子在《劝学》里如此称赞蚯蚓：“蚓无爪牙之利，筋骨之强，上食埃土，下饮黄泉，用心一也。”蚯蚓食埃土，原来就是为了制造土壤呀，我才知道。

据达尔文推算，英国每一英亩优良土壤中，差不多生活着四百磅重的蚯蚓。他认为，是蚯蚓每年移动了英格兰和苏格兰境内几乎五亿吨重的土壤。蚯蚓是数百万年时间尺度上重塑土地的主要地质力量。

推而广之，我们脚下的泥土中，到底有多少只蚯蚓在制造土壤？实在无法估算，但数量一定多得惊人。还有，让我们感叹的是，蚯蚓在人类出现以前，就在努力制造土壤了。

当然，用现代的视角，仔细观察一下，造土大军中，不只是蚯蚓，还有许多穴居动物，地鼠、蚂蚁、白蚁，它们都会将岩石碎屑混入土壤。许多植物的根系也会将石头撑开，你看，悬崖峭壁上，往往长有许多生命力旺盛的植物，这里不一一列举了。在风或火的作用下，许多岩石终将变成颗粒，岁月会让它们消解，埋身成为土壤。

2

拉丁语中表示“人类”的词语是“homo”，这个词是由“humus”演化而来，它在拉丁语中的意思为“有生命的土壤”。

土壤是我们的生命所依，循着这个思路，我想到了许多。

中国最早的农民，应该是被黄河两岸冲积平原上的大片肥沃土壤吸引而来，就如同游牧民族的逐草而居一样。我们完全能想象，先人们顶着冰川时代的寒风，闻着那诱人而充满香气的泥土，用自制的石器在土地上劳作，尽管“草盛豆苗稀”，但总归还是有些收成。

司马迁的《史记·夏本纪》描写了夏禹辛勤治水的事。大禹千辛万苦，翻越千山万水，费了九牛二虎之力，才将水患治好。其实，大禹治水，就是为了治山，水患搞得民不聊生，百姓无法生活，地也不能种，自然没有粮食可以充饥了。水患一定，天下的事情就全定了。

那个时候，天下初分九州，大禹就根据治水后九种不同的土壤等级来确定赋税。比如，天下第一州，冀州，那是帝都，土质最好，色白而松软，定为上上，就是第一等；比如青州，大海到泰山之间，海滨一带土地宽广含碱，多是盐碱地，田地属上下，即第三等，赋税则属中上，即第四等。

这种科学管理土地的办法逐渐形成制度。

商朝时出现了井田制。“井”字形状，中心一块为公田，其余八块为私田，私田耕种，必须带上公田，这样，公私都有所兼顾。这其实是一种比较乌托邦式的国有土地制度，大大小小的奴隶主们，怎么会满足于中间那一块呢？

戴维也举例，亚里士多德的学生泰奥弗拉斯托斯就将当时的希腊土地分为六种不同的类型，分类的依据是核心土层之上的富含腐殖质、能为植物提供养分的表土层的深浅或肥瘦。我判断，泰先生应该是一位优秀的早期农业科学家，因为他的分类已经非常科学了。

千百年来，世界各地都流传着关于泥土的故事。

《左传》里有《晋公子重耳之亡》：重耳和随从经过卫国，卫文公并没有以礼相待。他们从五鹿经过，实在饿得厉害，只好向当地庄稼人讨饭吃。庄稼人却捧了一块土给他们。重耳见此大怒，要用鞭子打那个人。随从狐偃劝道：这是上天赏赐我们土地呀。重耳一听，立即磕头致谢，收下土块。

一千七百多年后，差不多的场景，出现在了英国。1066 年 9

月，威廉以诺曼底公爵的名义夺取英格兰王位，他率领一大批追随者从英吉利海峡登陆英格兰南部。当威廉从海滩上岸时，不慎跌倒在地上，他急中生智，抓起一把土高声呼喊：我拥有了英国的土地！

泥土是百姓的衣食父母，更是王侯们的性命所在。

3

从地球的成长史可以很容易得出一个结论，土壤不只是用来种植的，它还是一个十分严密的生态系统，泥土、植物、水，互相依存，你怎么对待它，就会得到怎样的回报，终将影响到人类自身的生存。

人类看中的土壤，起初都十分肥沃，但任何沃土，都有地力将尽的时候，待作物将土壤的地力吸尽，或者地力下降，人类便毫不犹豫地将地抛弃，另觅新地。

与普通的粮食作物相比，烟草会从土壤里吸收十倍以上的氮、三十倍以上的磷，耕作过五年的烟草地，会因为土壤的营养缺失而长不出任何东西。随后，化学的力量在很大程度上恢复了土壤的肥力，但问题是，化肥的滥用，不一定能恢复土壤，因此，人类因为追求短期的目标，就在不知不觉中破坏了整个大自然的平衡。

巴尔扎克写过一本叫《奥古斯特·博尔热的〈中国和中国人〉》的书，这是他在读了法国人奥古斯特·博尔热写的《奥古斯特·博尔热的广州散记》后写的一些感想，其中就谈到土壤：从前，人们以为中国有一片国土，其腐殖土深达十五到二十法尺。学者们一向主张对一切作出解释，他们说，在地球运转过程中，中国周围的大山流失的土壤都被卷到了那里。美国人在最初就耗尽了一些城市周围的腐殖土资源。如今，乌克兰肥沃的土壤也消耗过度。这些都表明，土壤的肥力并不是无限的。

尽管小说家的思维有些跳跃，但表意还是明白的，他也在担忧——土地不是取之不尽的宝库。

但人类一直将土地当作阿里巴巴的宝库，只管取钱，不问存款。

“但存方寸地，留与子孙耕。”那只是写在书里、挂在墙上的格言而已。

4

蝴蝶效应告诉我们，一个人无法阻止沙尘暴，却可以启动它。

大自然用一个个非常极端的案例来告诫人类滥用土地的后果。

戴维举的这个例子，尽管发生在他父亲出生的那个年代，但仍然触目惊心：1934年5月9日，美国蒙大拿州和怀俄明州的土地，被狂风撕成了碎片，狂风裹挟着三亿多吨的土壤，以每小时一百多英里的速度向前推进。在芝加哥，平均有四磅重的尘土落到了每个人的头上。纽约州东部的布法罗，中午时分陷入一片黑暗。至5月11日傍晚，纽约、波士顿、华盛顿都有大量尘土。目击者说，从遥远的大西洋海面上望过去，天空中满是巨大的棕色乌云。

严格来说，这不是沙尘暴，应该是灰尘暴，不，是泥土暴。原因就是现代化的耕作方式侵蚀土壤越来越厉害，土质疏松，表土流失严重，再加上干旱、风暴等恶劣气候，土壤才会毫无纪律性地在空中大规模迁移。

戴维所提供的研究资料表明，在不同条件下，一英寸土的形成，所需要的时间并不一样：苏格兰需要一百六十年，美国马里兰州的落叶林地，则需要四千年。俄亥俄州的原生草原上，每一英寸的表土层，则需要一千年的时间才能形成。打个比方，这里六英寸的表土层，如果让雨水来剥蚀，五千年也不会剥蚀尽，而让人类耕作，三十多年就会流失殆尽。再以俄克拉荷马州格思里的一片沃土为例，如果在这里种植棉花，五十年就可以将七英寸厚的表土层剥蚀，而生长天然牧草，表土层则可维持二十五万年以上。

我觉得，上面的数据，也完全可以用来解释今天我们身边的土壤恶化现象。中国的许多草原，为什么没有以前绿、厚，而且还不断大片沙化？原因很简单：过度开发。

你认为绵羊很温柔吗？错了。十九世纪时，小小的冰岛，却有五十万只绵羊漫步于乡间，荒原上见不到一棵树，气候恶化，过度放牧，水土流失严重。如今，只有四万平方英里的冰岛，却有四分之三的土地受到水土流失影响，七千平方英里的土地变得毫无使用价值。

其实，冰岛没什么可怜的，全球十分之一的土地正在沙漠化。

5

我们不要被资源不会枯竭或资源可以替代的假象所迷惑。

乐观主义者说，地球至少可以维持四百亿人口的生存。悲观主义者告诫，地球满打满算只能承载一百亿人，或者，一百五十亿人（前提是通过光合作用制造全部有机物）。无论哪种观点，都只是假设，而现实是，这个世纪末，世界人口数量就会达到一百亿，看看现状就知道，这个世界，至少还有上亿人生活在饥饿中。如果再碰上像好莱坞大片中所虚构的那些灾难，许多人就不会这么乐观了。

因为，我们正在耗尽泥土。

张伯伦警告人类：如果土壤消失，我们亦将消亡，除非我们能找到以岩石为生的方法。

若干年后，即便能找到，或者迁移火星，那又怎么样呢？其他星球的土壤和地球的土壤一样，也是有限度的。

泥土去哪儿了？但愿就在我们脚下，而不要肆意纵横飞舞。

万物源于泥土，终将再次化为泥土。

说是这么说，但我和戴维一样，依然十一分担忧。

为伊折枝

题记

挟泰山以超北海，是不能也；为长者折枝，是不为也。大部分时候，我们帮助人，只是折枝而已。

1

读完《庄子》，感觉庄周什么事都讲理，说寓言给你听，讲笑话给你听，是一个不太会生气的智者。但有一次，他却为饥饿生了气，生了很大的气。

马上揭不开锅了，为一家老小计，庄周厚起脸皮，去往他做漆园吏时认识的老朋友监河侯那里借粮。监河侯却找了个理由搪塞：好的，老兄，待我租地上的租金收齐，借你三百两如何？庄周赶了两天的路，眼冒金星，腿脚乏力，自然生气了。不过呢，哲学家依旧讲究斯文，著名的成语“涸辙之鲋”诞生了：昨天早上，我来的路上，听到了微弱的呼救声，仔细寻找，发现车辙碾出的小沟中躺着一条鲫鱼。我很惊讶地问：鲫鱼呀，你从哪里来呢？它对我说：我是东海神的臣子，请给我一些水让我活命吧。我立即答应了它：好的好的，东海臣，我将往南方去游说吴王、越王，再说动他们引西江的水来救你，这样可以吗？东海臣向我大发脾气：我只要一点点水就可以活命，您却这样调侃我，那不如直接去鱼干店找我吧！

小学老师在给孩子们讲这个成语的时候，谆谆告诫：少说空话，多办实事，还要顺带贬一下不讲情义的吝啬的监河侯。

对监河侯来说，庄周只需要几升粮食就可以渡过难关，那大量的银子，庄周眼前并不需要。而且，庄周说得很清楚，是借，不是白要。

救眼前急，是帮助人的最常见的方式之一。

不吃嗟来之食，是谓接受帮助的底线。

2

现在，我们来看孔子帮助人的方式。

朋友死，无所归，曰："于我殡。"（《论语·乡党第十》）

因为朋友家道中落，或者，子孙不肖，无人料理后事，孔子说：我来负责这位朋友的丧葬。

但孔子帮助人，有他自己的原则。

孔子最中意的学生颜回死了，孔子悲伤至极：这是老天要亡我呀，这是老天要亡我呀！见孔子哭得如此伤心，跟随在旁的学生劝道：老师，您过度伤心了！孔子对他们的劝说理也不理：我不为这样的人过度伤心，又要为谁过度伤心呢？

这时，颜回爸爸向孔子寻求帮助来了：孔老师，我葬儿子，您的专车能否借一下，用作运棺的礼车。孔子抹抹眼泪，却摇头不借。孔子说：去年，我的儿子孔鲤去世，也是只有棺而没有礼车。颜回和孔鲤都是士，依礼，出殡是不得用礼车的。而且，我将车借你做礼车，我自己就要步行送葬。我曾经做过大夫，依礼是不可以步行送葬的。

同学们要为颜回举行隆重的葬礼，孔子也加以阻止。但这一次，同学们没有听老师的话，孔子于是感叹：颜回呀，你把我看作像父亲一样，我却不能把你看作像儿子一样。同学们做的这件不合礼的事，不是我的主意啊！

也就是说，那个时代，家贫，也不应厚葬，否则就有违礼之嫌。

从理想上帮人确定，从行动上帮人矫正，一切都围绕着“仁”和“礼”二字，这是孔子认为的一个理想社会中，完善人格的标配。如果有任何越界行为，都视为需要帮助和教育。

在帮助人时设定一些原则，孔子应该开了先河。

3

雅典城里，有一个人很著名，狮子鼻，厚嘴唇，暴眼睛，矮个子，他就是容貌平凡的苏格拉底。他一直自由自在地生活，白天上街聊天演说，海阔天空。他的身后常常跟着一大群人。青年柏拉图每天都上街，就是为了寻找苏格拉底。

有一天，和苏格拉底居住在不同社区的梅勒托一纸诉状将苏告了：

梅勒托的儿子小梅勒托（住于庇托斯区），控告苏福罗尼斯库的儿子苏格拉底（住阿罗珀克区）。他发誓确证以下事实，苏格拉底的罪过是：（1）不崇拜本城邦所崇拜的神，而是介绍新的和不熟悉的宗教实践；（2）更有甚者，他腐蚀青年。本起诉人要求给以死刑处罚。（A.E.泰勒《苏格拉底传》）

苏格拉底可以选择自愿流亡，或者交一笔数额的罚款，也有无数个机会逃跑，但他什么都不做，而是静静地等候审判。在监狱的一个多月时间里，探望他的人连续不断，甚至有不少外国人，他每天都和这些人在谈话中度过，他甚至还第一次写了一首诗来自娱。

公元前399年的一个残酷的日子，十一人的审判委员会判处苏格拉底死刑，立即执行。日落前，苏格拉底静静地接过狱卒递过来的一杯钩吻叶汁，神色镇定，一饮而尽。送行围观的朋友一片哭哭啼啼，有的甚至哭得歇斯底里。苏格拉底躺倒在草席上，并用草荐盖住了头，一阵静默之后，苏格拉底掀开头上的草荐，说了最后一句话：克里托，我们还欠阿斯克勒庇俄斯神庙一只公鸡呢，不要忘记还。

哲学家苏格拉底对死亡一定有自己独特的认识，死对一个好人来说，就是一场戏的开幕，灵魂会进入更自由的王国。更重要的是，他不越狱，不申辩，只是想用自己的死，来维护雅典法律的权威，并帮助唤醒沉睡之中的雅典民众。

果然，雅典人终于明白并懊悔了，他们处死了梅勒托，他们还为苏格拉底立了一座雕像。

以鲜活的生命来换取民众的觉悟和觉醒，苏格拉底用死帮助了雅典民众，也成就了自己。

4

我读南宋林洪的笔记《山家清供》，里面有一则《真君粥》，说是一道菜，其实是一种粥，但此粥却因董真君帮助他人而来。

“真君粥”制作方法极简单：将杏子煮烂，去核，等到粥熟了，再放进去一起煮。但此粥的来历却不简单。

真君姓董，原名董奉，三国时期名医，他和张仲景、华佗齐名。林洪说，他去庐山游玩，听说董真君还没有成仙时，种了很多杏树，丰收之年，他则用杏子换谷子，收成不好时，就将谷便宜卖掉。灾荒之年，他救活的人很多。后来，董真君在白日里升仙，当地有诗流传："争似莲花峰下客，栽成红杏上青天。"林洪感叹：难道一定要专门炼丹服气追求成仙吗？如果有功德于众人，即便没有死，他的名字也已经进入仙簿了，因此用他的名字来命名这种粥。

这个董真君，医术高明，医德高尚，救人无数。

其实，我在读葛洪的《神仙传》时，已经知道董奉升仙的原因，但细节和林洪记叙的略有不同。董奉在庐山时，为人治病，不收钱物，但也有要求：病重治愈者，病人要在其门前栽五棵杏树，病轻治愈者，种一棵就可以。董奉妙手回春，数年之后，居然种下了十几万棵杏树。等杏子大熟之季，他便以杏换谷，然后用换来的谷子救济贫穷人家。庐山附近的许多穷人都是靠他得以救活的。

以种杏树代替药费，类似政府实行的以工代赈，但董奉的个人行为，意义显然更高一层。以工代赈，毕竟是一种等价交换，而董奉想的全是施与，且患者举手之劳便可完成。用杏换谷救济穷人，种杏者也积下了功德，真是一举数得。

白日里升仙，虽无稽之谈，却是民众对董奉的诚挚赞颂。某种程度上，数十万亩的杏林，粉红的杏花，黄灿灿的杏果，也装点了庐山的天空。

喝着真君粥，看着杏花林，杏林春暖，人间大地都充满了爱意。

5

家境贫寒的普鲁士青年费希特，迷上了哲学和神学。1791年，他向著名哲学家康德寻求帮助。康老师颇爱才，他对费希特说：借你钱，到时候你还不了，这有损于你的道德和人格。这样吧，你写一本书，我帮你出版，你就可以拿到报酬了。费希特基于对康德批判哲学的研究，并结合康德哲学和神学领域之间的联系，很快写下了长文《试评一切天启》。康老师一看，真有水平，高兴坏了，但他又想到，费希特没什么名气，随便出版一本书，影响不会大，于是他将费希特的名字隐去，匿名出版。

此前，康德的“三大批判”（即《纯粹理性批判》《实践理性批判》《判断力批判》）已经在德国非常著名，而费希特的这本书，也带着浓厚的批判色彩，读者以为，这是康先生推出的又一部大作，于是大卖。一个适当的时候，康德亲自撰文，澄清事实并公开赞扬了费希特的著作。这样，费希特在哲学界的地位，一下子就树立起来了。

我以前写过康德，这位安静的哲学家，内心有多强大呀，一辈子没走出过他生活的镇子，每天在固定的时间和地点散步，以至于镇上的人们将他的作息当作时间标准。哟，康老师出来散步了，一定是下午的几点几分，分毫不差。而他对费希特的帮助，就是一种博大胸怀的表现。康德大费希特三十八岁，他始终相信，对于年轻人的成长来说，合适的机会极其重要。他不仅帮助费希特出书，还推荐费希特到大学任教。现在，我们在看费希特成就的时候，一定会看到，康德老师对他的影响。

培育土壤，给其阳光，像对待植物一样，让其有足够的成长空间。

以这样的方式帮助人，尽管力量是微弱的，但会产生楷模效应，积弱为强。

6

1919年夏，二十四岁的林语堂，已经在清华任教。他申请到了去美国哈佛大学留学的一半奖学金，八十美元。那个时候，大名鼎鼎的胡适，风头正健，美国哥伦比亚大学博士毕业，在北京大学英文教授会做主任，不过，这是个虚职，没什么实权。他听说林语堂的事情后，鼓励林：如果你毕业后肯到北大来教书，我们每月可以补助你四十美元。但这只是胡适的口头承诺，并没有书面合同。

林语堂自然开心，高高兴兴带着夫人一起去美国留学。但那一半奖学金，再加上夫人的陪嫁，也负担不起食宿、看病等的费用。青黄不接时，林同学一个紧急电报打给胡适，胡适立即汇款五百美元。林同学读完哈佛，又去德国莱比锡大学读博士，而此时，清华的那一半奖学金也停发了，林又一个电报打给胡适，请求北京大学支援，不久，一千美元就到了林的手中。

1923年，林博士带着满满的信心，回到国内，前往北京大学英文部做教师。自然，他第一件事就是去找胡适当面致谢。不巧的是，胡适正请假在南方养病，林于是找到蒋梦麟校长，感谢北大这么多年来对他的照顾，他这次是回来报答的。蒋校长一听情况，大吃一惊：我们北大，没有这样的奖学金计划。哎，这一定是胡适本人资助你的。

无法描述林语堂当时吃惊的表情，不过，就是这位日后写了极好的传记《苏东坡传》，极善于描写人物内心的大作家，对自己当时五味杂陈的内心一定也难以描绘。

我对胡适的认识，在读了一些他的传记后，逐渐清晰起来，撇开他的学问，仅做人一项，就让许多人望尘莫及。

以奖学金的方式，帮助林语堂安心完成学业，而且，胡适没有在任何场合提过这件事，即便在自己的日记中，也都没有写过。这件事还是四十多年后，晚年的林语堂，在胡适的墓前悼念，自己说出来的。林语堂说，虽然他最后将钱还给了胡适，但这份帮助，他一辈子铭记。

胡适还帮助过顾颉刚，帮助过陈寅恪，帮助过季羡林等，虽然有的是物质方面的帮助，有的是精神方面的，但都和帮助林语堂一样，不求回报，从不张扬。

“我的朋友胡适之”，站在对方的角度，将对方的困难当作自己的困难，设身处地，以对方能接受的方式提供帮助。他是真正的朋友。

7

下面一些帮助人的方式人所不齿，但仍不时见诸公众眼前：

给人送一袋米、一桶油，拍照发朋友圈；

敬老院替老人梳个头、洗个脚，拍照发朋友圈；

捐赠书包、捐赠棉衣，还有捐赠别的什么，一定要拉横幅举行仪式，上报上电视；

某企业郑重举牌捐赠几亿几亿，举行隆重的捐赠仪式，事后却一直赖账，此为诈捐；

嘴里喊着爷爷奶奶爷爷奶奶，比儿子女儿还亲密，叫得比孙子孙女还甜，爷爷奶奶终于心软了，买下了一大堆甚至一房间的保健品；

一二三四，ABCD，甲乙丙丁，口若悬河，滔滔不绝，营销师骗你没商量。

各位看客大可以一一列举身边的见闻。

如果，帮助的目的和方式都被人诟病，说得难听点，这种帮助就是另一种索取，即便为一己之利行善，也是博名博利，皆非良善。

太忙于做好事的人，反而找不到时间去做好事。

——泰戈尔

8

任何人都需要帮助，物质的、精神的，只是，程度和方式不同而已。

即便在大自然中，一树一木，一花一草，也都离不开风雨和阳光的帮助。如动植物界的寄生现象，就是一种典型的互相帮助。

推而广之，整个世界，也是由一个互相帮助的循环系统组成的，极似卯榫，架构严密。你帮我，我帮你，他帮他，它帮它，一脱离，结构就散了。

雪中送炭，胜造七级浮屠。

润物无声，春风化雨。

滴水之恩，涌泉相报。

泉映人心，天地同谐。

认真审视一棵树

题 记

除了空气、食物和水，我想象不出，人类还有什么比树更亲密的伙伴。

泰戈尔轻声咏道：这树的颤动之叶，触动着我的心，像一个婴儿的手指。

1

我住五楼。一楼的前面有一个小环岛。小环岛上有一棵树。这是一棵有几十年树龄的樟树。我不知道它来自何方，但肯定不是从苗圃来。

它独自在承担风雨。这是一棵很孤独的树。下着秋雨的夜晚，伫立窗前，我甚至会听到樟树叶在枝头惊慌的喘息声。

有一天，我和某地产公司的营销总监聊天。他说，现在的绿化越来越难做，难做的最主要原因是，要找一些比较齐整的树，很不容易。我说，去苗圃里买不行吗？他回答，哪有这么简单啊，现在这么多的地产公司，还有这么多的地方要绿化，绿化的档次也越来越高，树很难找呢。他又说，前段时间刚刚交付的一个小区，为了找几十棵比较齐整的树，他们和园林公司的人一起，风里来雨里去，寻访了好多村庄，足足跑了大半年的时间，才凑齐了。噢，原来还有这样的事，为了建设漂亮的小区，建筑商们不惜代价地到处挖树，很有点儿像现在的猎头公司，好树就是人才啊，好树就是他们的门面呢！

一位老家在农村的朋友也一直感叹：他家院子有一棵几十年生的桂花树，由于枝繁叶茂，生命力旺盛，于是经常有人上门要求收购，而且开价越来越高，终于有一天，他的老父亲再也抵挡不住诱惑，让人挖走了。挖树的时候，老人家是再三叮咛，这树要怎么怎么培养，这树陪伴了我们一辈子啊，这花开得很香很香的……唠唠叨叨，依依不舍。

这几十年来，大树进城是伴着房价一起“坐高铁”的。房价越涨越高，农村的大树也越来越少。以前的农村，许多地方都有迷人的田野风光，人们在田间地头劳作累了，就会傍着大树休息一下，特别是炎炎夏日，树下就更热闹了。有些村中心，有大树的地方，就是人们茶余饭后聚会的场所，东家长，西家短，嬉笑打闹，连空气中都弥漫着快乐。

现在，这样的场景越来越少了，大树们都迁走了，显然是被迁走，迁到了它们再也闻不着泥土味的城市里。那里只有钢筋水泥的味道，只有汽车的尾气和喇叭的噪音，只有闪烁而扎眼的霓虹灯。

夜深人静的时候，只要细细聆听，就会感觉，树们很烦躁，很不安。我家楼下的那棵樟树，我确实不知它来自何处，但能体会到它深深的无奈。

或曰：这都是建设的需要嘛，大树不进城，你能享受到这样的环境?

是的，只是表面上。有的时候，一种需要，会造成另一种失衡。或者说，我们在做了一个正确的决策后，同时又犯下了一个不能改正的错误。

到徽州，自然要去逛一下徽墨店。墨的发展历史，颇有点像我们现在的大树进城。

汉代的墨极其珍贵，《汉宫仪》记载说，当时做尚书令一级的大干部，每月也只发一枚墨，至于一般读书人，那是很难弄到的。为什么会这样？是因为制墨难。宋以前，制墨水平还没有长足的进步，基本上都是采用松烟为主要原料。这样制墨，实际上就是粗放型的。制墨要选择肥腻、粗壮的古松。于是，古松遭殃。宋代晁贯之在《墨经》中说："自昔东山之松，色泽肥腻，性质沉重，品惟上上，然今不复有，今其所有者，才十余岁之松。"你看，古松都砍光了。沈括的《梦溪笔谈》中也有如此描写："今齐鲁间，松林尽矣，渐至太行、京西、江南，松山大半皆童矣。"被毁的还不止一处地方呢。树木生长是需要时间的，而伐木则是顷刻之间。制墨年产量的不断增大，虽然可见当时读书风气之盛，但恰恰从另一个侧面，反映了我们古人也是顾头不顾尾。固然和当时的科技有关，固然和当时的生态远远没有现在恶化有关，但这种思维方式，仍然是鸵鸟式的。

恰好读到明曹臣《舌华录》里的一则逸事：宣和年间，有一天，乐部的焦德跟随宋徽宗游览禁苑，宋徽宗指着花竹草木询问它们的名字。焦德说，都叫芭蕉。皇上诘问原因，焦德回答说，禁苑的花竹，都是从四面八方弄来的，路途遥远，终于到了上林苑，都已经枯焦了。

严格说来，大树进城，抑或是南树北迁，和伐古松制墨还有些区别的。大树毕竟只是进城，还不至于要它们的命（也有不少因严重水土不服过早离世），只是它们很孤独而已。花竹是例外，它们显然已经变“疡”为“殇”了。伴随着树们的孤独的当然还有广大农村的怀抱，因为，那些原来在广袤田野里和山水一起安静而自由成长的树们再也回不去了！大树搬走了，根系还在，守望的眼神自此变得日夜漫长。

2

杭州至千岛湖的公路叫杭千线，这条线中间的第51公里界碑，是我每次回老家的终点，我从小在这个叫白水的村子长大。

因在城里的锻炼习惯，我会沿着公路边疾走。一定要经过第52公里碑，再看到第53公里碑，然后才往回走，又回到第52公里碑，再回到第51公里碑。四十多分钟时间，路右边是连绵的深山，一边走路，一边观景，满眼绿色让我心情很好。

走路以碑为目标，我这么不厌其烦地一路数碑，其实是有目的的。

因为，路上的里程，用石碑可以表示，用树也照样可以表示。

明冯梦龙的《智囊》就有这样的记载：

北朝韦孝宽曾做雍州刺史，先前当地路旁每一里的记号是一个小土堠。这样的小土堆，又不是水泥浇铸，几场大雨过后自然就被冲毁了。韦到任后，经过深入考察，提出一个简单实用的办法，就是让辖区内在每个土堠处，种植槐树，如此，既免于经常修复，又方便了行人旅客。想想看，那些养路工人也轻松不少，省得大雨过后老是要去修土堠。更大的作用还在于，那些树长大后，就成了一道风景，路上行人走路走得欲断脚时，依着大树乘凉歇息，惬意无限。

从土堠到石碑，这并没有什么科技含量，古人如果想到了也可以用石碑的，估计是没人想到。但从土堠到以树为碑，却是一个创造，韦刺史完全可以入选北朝当年度优秀公务员的。后来，韦刺史的老大宇文泰看到了这样的事，叹息说：哪能只有一州这样做呢！于是下令各州的里程计算都改用树木。

人是绝活不过树的。嵩阳书院内的那两株古柏，据说已经有四千五百多年了，汉武帝将它们命名为“大将军树”。汉武帝离我们多少年了？两千多年了吧，估计他当时看到这些柏树的时候非常震撼，虽说只是命名，但也算正儿八经的封号呢。

那些大自然中的树木，都是有勃勃生命的，它们和我们，在同一个地球上都拥有各自的生存空间。我们和它们应该彼此尊重。你尊重它，它就会给你带来无尽的好处。

宋朝人范纯仁担任襄城县令时得知，襄城的旧俗是百姓从不养蚕织布。因此很少有人种植桑树。范公很忧虑，他就想出了一个推广的办法，命令那些犯罪较轻的人，在家里种植桑树，种多少依犯罪的轻重而定，之后根据所种树木的繁茂程度再来免除罪责。当地百姓从此获利。

范公以桑树来抵刑也是一种创新，有点儿类似现在的缓刑，看你的表现。这一措施还有强有力的制度设计：你如果植树造“零”（杭州植物园为了纪念香港1997年回归，97位电影明星栽下了97棵银杏。15年过去了，没有一位明星回来看过，现在的“明星林”，只是一块空地），敷衍了事，只管种，不问成活，那我完全可以再把你关进去。因此，那些桑树一定会枝繁叶茂的，谁都想要自由！

我以前工作过的桐庐县政府，所在地是一所千年古寺，寺叫圆通寺。当然，我们不在寺里上班，寺没了，路还在，我们的通信地址是：圆通路5号。

然而，历史不是说抹掉就能抹掉的。清乾隆二十一年（1756）编撰的《桐庐县志》上有一则官司很有意思。圆通寺当家和尚很喜欢种树，寺院内外、田头路边种了上万棵树。附近老百姓担心树长高后，会妨碍田地日照，影响庄稼生长，于是将老僧告了。

县老爷接状问僧：您看，这个事情怎么办呢？看来县官不糊涂。老僧也不说话，埋头写了四句诗：本不栽松待茯苓，只图山色镇长青。老僧他日不将去，留与严城作画屏。

桐庐县政府后来南迁了，圆通路5号又变成了千年古寺。我曾进去过一次，昔日的部委办公场所都变成了殿堂经所，香火很旺，很有些感慨。

古树森森，我不知道圆通寺的哪些树是那老僧种的，但桐庐人在老僧种的大树下乘凉是无疑的。

自然，树之功绝不止于计算里程和给人乘凉，生前为人类，死后更是鞠躬尽瘁，这个就不说了，大家都懂。

3

如果想很形象地体会“盘根错节”这个成语，我建议最好到桂林阳朔的大榕树景区现场观摩。

景区核心的核心就是一棵大榕树，不，应该是一个大榕树的家族。这个据说已有一千四百多年历史的榕树家族已经很树丁兴旺了，树高竟达十七米，树围七米多，要若干壮汉才能环抱，而她浓荫盖地的面积，我一下子说不上来，反正我随着人潮，围着树转了好几圈，感觉有上千平方米。

我想搞清楚，此树究竟是如何生长起来的，也就是说，她的第一代、第二代、第三代至现在的第若干代，能不能明显地看出来。后来，我停下来了，停下来的主要原因是，头有些晕，根本分不清她的家族谱系，只能凭她的粗细来划分。而且，这棵榕树的神奇之处在于，她的根须垂直插地，须也长得粗壮，颇像树干了。于是，就形成了一个有趣的景观：主干不断向天空中突破，围着主干，不规则斜伸出去的树枝，可以伸得很远，就如同跑出去到亲戚家做客一样，一直往前伸。在树枝的下方，那些根须都很有序且顽强地挺进大地，也如同桥墩，托着树枝往前伸。在树枝的身上，又长出树枝，树枝的身下又插入大地，不断地往前伸，好像接力跑。根变成枝，枝又生出根，在水边的那一片空地上，互不干涉，互相勉励，极为融洽，极为欢快。

我想，如果能科学清楚地标出大榕树家族的生长路线和结构图，那一定是很有意义的事情。一千四百多年的历史，都被浓缩在这棵不断成长的大树身上了。

安吉拉·帕莫尔，一位英国的女艺术家，用十墩巨大树桩作料，以《雨林魅影》为题的作品震撼了许多人。

非洲的加纳，过去的五十年间，热带雨林减少了百分之九十。女艺术家，对人类共同的家园遭到如此掠夺，非常痛心，于是，她把目光瞄向了那些被砍伐后留下的巨大的枯死的树桩上。用意很明确，雨林是地球的“肺”，每隔几秒钟，地球上就要消失一片足球场那么大的热带雨林，迟早要出大问题的。她选择了十墩巨大的树桩，每个都在二十吨以上，费时费力费钱。她先将树桩运到英国著名的特拉法加广场展出一周；然后，到哥本哈根，让那些开联合国气候大会的人们关注热带雨林的命运；再然后，把它们都弄到牛津自然历史博物馆中，让人们永久瞻仰。从那些巨大的树桩可以推测出，这些树都在五十米以上的高度，大家想想看，这样高的树，它应该与我们和平相处的，它们多么希望能自由自在地生长和老死，热情快乐地拥抱天空。可是，这十墩树桩，不仅仅是加纳那些永远逝去的热带雨林的代表而已，它也是全世界逝去的热带雨林的代表。

因为人们的庇护，大榕树家族仍然旺盛地成长着，它们的生命力也许就在盘根错节中，根只有如此地盘，节只有如此地错，它们才会抵御一切外力而自由生长。加纳热带雨林巨大的枯树桩，不会白白地牺牲，它们带血的伤口一定会触动许多人！

浙江绍兴的柯岩景区，有一根古时候采石留下的“石树”，孤独地挺立着，人们叫它云朵。云朵有几十米高，上粗下细。这样一根石树，伫立千年，久经风雨而不倒。为什么呢？道理很简单，它生长在大地上，它的根牢牢地扎在大地上，大地仍然在不断滋养着它。或者说，它本来就是大地这个整体的一部分。所以，任你十级东南西北风，我自岿然不动。

木之树，石之树，一个极简单的道理是，根深方能叶茂！

4

说了大榕树家庭，我要来说说这些年来见到的几棵特别的树。

按拜访的时间顺序，我一棵一棵地说。

2014年5月17日，福建泉州，安溪清水岩。

这棵古樟树，名字很特殊，树根部石条上有四个显眼的红字：枝枝朝北。

树的主干离地十几米后，上面分为四根大枝，枝枝都肆意伸向天空。树冠高达三十一米，仰望，脖子要向后一直仰，浓郁，苍翠，枝叶相盖，蓝天白云都被枝杈切碎成影子。树围有七米，必须上去抱一抱，叶辛、赵本夫、王干，我们几个人拉着手，围了一圈，脸贴着厚树皮，闻着清香。那不规则的纹路，遒劲、沧桑，罕见的粗壮。

为什么有这么怪的名字？因为它的每根树枝都朝向北面。我们好奇，开始刨根问底。

我得到了两种不同的解释。

文史专家解释，枝枝朝北，这是向英雄岳飞致敬。北宋灭亡，南宋杭州苟安。许多汴京民众，人虽逃到南方，心却在北方，故土难离。岳飞抗击金兵，精忠报国，战功卓著，又点燃了南宋军民向北的信心和决心，然而，却被奸臣所害。清水岩的樟树，枝枝朝北，这是向英雄表示敬仰。樟树旁边，是三忠庙，庙里供奉着岳飞的神像。

林业工程师解释，枝枝朝北，这其实是地形的原因。考察樟树的生长环境，南面是山，狭窄，无法伸展，只有向北展枝，越长越粗，越长越顺，似乎都统一了方向。枝枝都向北方，极为少见，这也是植物和自然抗争的结果。

枝枝朝北，还与一个人有关，那就是清水祖师。

他是闽南四大民间信仰之一，全国各地有五百多座清水祖师庙，当然，安溪的清水岩庙，是清水祖师自己所建。九百多年前，他在这里修身养性，苦心营建，并广植禅林，保护生态。这棵古樟，相传就是清水祖师亲手所植。

清水岩古樟，枝枝朝北，依然勃勃生长。它深厚的文化积淀，让我惊叹。双手合十，绕树一圈，向古樟致敬。

2015年8月28日，长白山，大戏台河景区。

大戏台河，并不是演二人转的地方，而是满语“细塔赫”的谐音。“细塔赫”，是一种体形较大的冷水鱼。

大戏台河，原来是个国营林场。林场嘛，就是看山看树看水。

杨家八兄弟树、抗联石、神女九妹瀑、红松、紫椴、红豆杉、臭冷杉、香杨、护参神树、花楸树、水曲柳、孕子神树……

树，石，瀑，植物，一路赏过。

我要说的是百年松桦恋。

这其实是两棵树，一棵松树，一棵桦树，从根部看，松树和桦树紧紧贴在一起，不是一般的贴，几乎是同一棵树，因为看不到任何缝隙。

但是，树的两边，是两种颜色，褐色的松树粗壮一些，身材很好，笔直向上。从长相和气势上看，松树应该是男青年，他是家中的顶梁柱，顶风遮雨，呵护着桦树。那乳白的桦树，则是幸福的小妻子，身材细瘦，婀娜摇曳，面对恶劣的环境，她再不用担心。

阳刚伟丈夫，柔媚俏佳人，真正天作之合。

大戏台河，因了这一对恋人，而似整个舞台一样，都生动起来了。他们是丛林的主角，相依相拥，不离不弃，他们的情爱故事，感动了整个森林。对原始森林而言，他们相守百年，还只是树中的小青年。他们还要一直坚守下去，直至树烂枝枯，又重新融入大自然。

大自然神奇。

长白山海拔两千米左右的地方，是针叶林带和岳桦林带的自然分界处，松树和桦树本来应该分属两个群带，现在，为了生存的需要，他们却结合在一起了，共生连体，优雅而自然。松树需要桦树，桦树更需要松树，相依才能相护，共同抵御严酷。

这是唐朝的文成公主远嫁松赞干布吗？文成公主，长途赴吐蕃，肩负着重要的和亲使命，更需要坚忍的意志，吃很多苦，才能实现民族的交融与发展。我内心认定，它们和他们，确实很像！

大戏台河的原始丛林中，各种树木身材皆修长挺拔，我和同行的金建祥兄几次开玩笑：那些树的身材，和他真的很像。看到金，想到树，写到树，想到金，在百年松桦树前，我突然冒出一个主意：让金建祥和他夫人，在那松桦树下做拥抱状，一定极有纪念意义。只是我和叶国珍兄等一直走在大部队的前面，金兄又将那身材同样很好的夫人远远抛在身后，可惜了。

松桦依偎，普通的共生，竟也那么从容。

2015年9月19日，浙江临海，古长城。

临海市图书馆馆长彭春林，台州学院成教学院院长楼波，他们一起陪我登古长城。

我从国贸大酒店出，过马路，往中心广场，穿东湖公园，看居民在悠闲垂钓，孩子嬉戏游玩，几分钟后，直抵古长城脚下牌楼。江南八达岭，这里的古长城也小有名气。

一百九十八级台阶，陡而又陡，中间不歇脚，还是气喘。春林说，他平时锻炼的时候，是一口气跑上揽胜门的。要揽胜，还真得要流一些汗。

在揽胜亭，可以俯瞰整个临海城。楼波往山下右边指着：走过五公里后，我们从瓮城下，出朝天门，可以去紫阳古街走走。

稍许停留，即向古长城进军。长城很宽阔，条石铺路，两边都用青砖砌，等距离留有凹孔，是枪眼，可以随时举枪。逢山岭，都会筑一个敌台，上下两层，下层供人休息避风雨，上层应该是哨兵瞭望，举目四周，视线极好。

临海濒海，这些敌台，用来抗击倭寇的进攻。这里曾是明朝重要的海防线。据历史文献记载，戚继光在临海抗倭八年，九战九捷，他和知府谭伦一起，创造性地修建了上下两层的敌台。戚继光后来调任北方，负责长城的防务，他又将临海修长城的经验加以推广，抽调江南三千兵士，将北方长城增扩加固。

我们谈论着戚继光，摸了“大将军”炮，向左下方，拐进了城隍庙。春林说，这里有一棵古樟，非常值得一看。

从来没有看到过如此惨烈的树：樟树下半身，只有扁扁的半爿，不，应该是薄薄如纸片。对于合抱大树而言，这薄薄的树身，仅存树皮，只有整树的五分之一左右。不知是被雷劈开的，还是碰上别的什么灾难，反正，这棵古樟，一定是在公元某年某月某日的某时，突遭此难的。

然而，它很顽强：在树片的上头，有两枝仍然爆发着生机，它靠在人工做成的假肢上，似乎有些累，似乎需要一些帮助，但是，别的樟树该有的生机，它都有，一点儿也不逊色，青葱依旧，枝残色香。

樟树的年份已无考，但从年轮上看，应该在六七百年以上，也许它曾经历海战的炮火，是戚继光保卫临海的见证者。

在樟树的栅栏外，人们系上不少红绸带，那是祈求风调雨顺，国泰民安。

残樟无名，我叫它“樟坚强”，希望它能一直平安活下去。

2018年1月和4月，我又看到了两棵“樟坚强”：杭州富阳区新桐洲岛上的一棵千年樟，二十世纪六十年代，曾经火烧了七天七夜，现在几乎看不见伤痕；江西横峰县新篁办事处的山田村也有一棵樟树，只有薄薄的一片，每年依然发着新叶，如果不是特别讲解，我们不会知道，这是一棵唐代就开始生长的樟树，实在让人惊讶。

枝枝朝北，是一种信仰。松桦恋，是一种坚守。“樟坚强”，是一种意志。它们历经千百年，栉风沐雨，虽然平凡，却不卑微。

5

接下来两节，我要从树的本身扯开去，一节历史，一节现代，扯远一些，你且慢慢读。

春天悄然而至。

李白赞，李花怒放一树白。

岑参叹，千树万树梨花开。

史上有两株特别的李（梨）树，必须说一说。

一株是著名的王戎李树。我不太喜欢竹林七贤中的王戎，主要是他小气。这个中国古代头号小气鬼，连卖个李剩下的核都不肯随便丢掉，还要弄碎它，唯恐长出新树让别人受益。但是，王戎七岁时的智慧却又让我深表赞赏，这个人的确有脑子。

这是一个家喻户晓的故事了。小屁孩王戎和一帮大小同学游玩，看见路旁有棵李树，果实累累，压得树枝倒垂，同伴们争先恐后采摘，只有小王原地不动。他不动的原因不是耍少爷脾气，等着人家给他送上嘴，而是因为他心里有这样的判断：李树在路旁长满了果子，却没人采摘，那一定是苦的李子。果然。

另一株梨树说的是许衡。这个元代大儒，从小就有思想，让人喜欢。同样是年少时候，小许曾经在某个暑假经过河阳这个地方，路旁也恰好有棵梨树，同样的场景，同伴也在争着摘食。只有小许端坐树下，镇静自若。他镇静的原因也不是摆清高，等着人家摘给他吃，也是因为他心里有这样的判断：不是我的东西而拿取，绝对不可以！有人劝小许说：世道混乱，百姓流亡，这棵梨树没有主人呢！小许说：梨没有主人，难道我的内心也没有主见吗？

哲学家说，任何事物都有联系，现在我把李（梨）转换成两种有属性的存在物来分析。

假设一：这两种存在物都是私有财产。对于私有财产，虽然不是保护得那么严格，但“风能进，雨能进，国王不能进”的概念还是有一些的。西晋的那棵李树，果子虽苦，但也是有主的。某天某个人，在路旁种下了这棵李树。某人的想法是，路边栽树，既能够造福路人，也能够给自己带来一些好处，如果能结上一些李子，果子成熟，拿到市场上，是不是可以卖得几枚钱呢？同样的假设，也可以让元代路边的那棵梨树成为某人的私有财产，或者，此树本来就长在人家屋前，只是主人发生变故迁走了，于是变成了路旁，但性质仍然是私有财产。小王虽然聪明，但他绝对不会从这个角度想，他只是认为李子果苦而已，没必要去凑那个热闹，他可是十分喜欢吃李子啊！小许却不一样，他的内心深处已经非常坚定，人家的东西，是不能随随便便去据为己有的，不管你是吃下去还是带回家。

假设二：这两种存在物都是公有财产。同样的道理，既然是公有财产，那就不能私人占有，私人随意占有，那还叫什么公有？假如小王他们那棵李树的果子不苦呢，不仅不苦，味道还超好，那么，小王会是什么态度，以我的设想，他肯定会积极参与，否则他就吃亏了。以他的聪明劲儿，他应该去采摘那些果大而饱满的来满足自己。公家的东西，又没有人管理，随便摘好了，问题是你现在不去摘，过一会儿，人家就全摘完了。既然是公家的东西，我凭什么不摘呢？不摘白不摘嘛。如果不摘，只会被人嘲笑傻而已。小许因为内心的坚守，不管梨是甜是苦，不管是公家的还是私人的，尽管甜得让人垂涎，不是自己的，坚决不碰！

冯梦龙说，小王和小许应该都是神童，一是智慧，一是大义。我万分赞同。

就小王来说，智是外在的，是他在已有的经验上判断出来的，尽管他年少，因为他读书早，识得多，见得多，再加上比别人聪明，从而能够迅速作出异于别人的判断。从技巧上讲，他是经验类比推理，即使没有实践，也可以从书本上学到。类似的如曹冲称象，乌鸦往瓶子里填小石子取水，老鼠一只咬住另一只的尾巴倒垂着偷油吃，原理都一样，都是巧妙转换，借助外力而达到目的。就小许看，他的义初看也是外在的，虽有“人之初，性本善”之说，但义仍然需要后天的培养，只是因人而异，有人能养成大义，有许多人却养不成，小义也没有。而义的表现形式，有时往往被人当作智的对立面去理解，比如傻啊笨啊。所以，大义更需内心的坚定和诚实。义可以有智，但智不一定有义。

因此，我们完全可以把这两株李（梨）树，看作衡量人们处事的道德价值标准，虽然无形，也足够烛照人心了！

6

樱桃树成为事件，是因为樱桃今年虽然大丰收，但主人还是忍痛把树砍了。

我们报纸的热线前几天接到某小区居民的电话说，小区里有一棵很大的樱桃树，现在樱桃熟了，很多住户都去采。主人不胜其扰，最后痛下杀手。

记者的调查结果大致是这样的：十一年前，主人詹先生花了三十八元钱买了棵樱桃树，种在一楼的院子里。过了四五年，樱桃就开始结果，但同时也不得安宁了。不安宁主要表现在这样一些方面：很多小孩大人都来摘，斯文一点的，从围墙的缝里伸手进来摘几个；也有人索性爬上墙头，甚至翻进院子，主人对他们说，樱桃还没熟，过几天熟了再来摘，但几乎没人听。今年樱桃结得特别多，摘的人很多拿着篮子、水果盆、塑料袋，更夸张的是，居然还有架着梯子来摘的。主人担心，万一哪个小孩摔在院子里，谁来负责？晚上六点半，他们一家正在吃晚饭，又有六七个人闯进来，全是大人，闹哄哄的，主人出去讲了几次，根本没人理，其中一个四十多岁的女人，已经摘过四五次了。詹先生说，我都不好意思说她了，可她不觉得不好意思。于是，一家人商量，砍了吧，砍了还能安生点。吃完饭，七点半，他们就把树砍了。詹先生说，就在我们砍的时候，还有两个人不肯走，我一边砍，他们一边摘，一包包装了拿走。

樱桃树事件一时成了人们茶余饭后的谈资。大部分人都指责摘人家樱桃的行为，有人认为可以报警，有人认为可以迁树，但不少人认为还是把树砍了安生。

一座文明城市出现这样的事确实有点儿让人遗憾。但是，我认为这不是偶然的，我们并不能据此指责人们的道德水平低下，还有更深层的原因。

我想用两个设想来试着解释这个事件。

不妨把樱桃树设想成一个公众人物。樱桃红了，而且丰收了，自然引起人们的关注。猩红的樱桃，让人垂涎欲滴，市场上要卖三四十元一斤呢！就如一个公众人物，经过家长若干年的培养，突然有一天红了，而且出场费也很高，人们自然关注和喜爱。伴随着关注和喜爱，一些非理性的举动也会随之而来。和摘樱桃不同的是，人们会用另一种形式摘公众人物的“果子”。比如，狗仔队对他们一举一动的捕捉，让其一刻也得不到安宁。总之，过度关注你的人比苍蝇臭虫还让人讨厌。谁让你红了，而且这么红。樱桃也是红，人家才不管你是不是私产呢！反正，你红，我们就要吃你！从这个角度讲，樱桃红了，人人都有喜欢的理由。

再不妨把樱桃树设想成一个公共财产，尽管上一节中已经有了这样的假设，但这里也非常贴切。公共财产的最大特点是，它属全社会所有，谁都有份，而谁都没有份。有份是因为和所有纳税人都有关系，没份是因为这个财产要有充足的理由才可分配。公共财产是大家的，但大家又不能随便拿，这依据的就是一种先前定下的制度。詹先生家的樱桃红了，而且前几年就红了。这里，詹先生对管理这棵樱桃树存在着制度缺陷，墙缝里手伸进来就可以摘到樱桃，这不好。如果公家的东西，很容易被拿走，而又不追究责任，那么，十个人中有九个人要拿，不拿的那个人反而会被别人嘲笑。詹先生为什么不把围墙修成手伸不进来的呢？围墙修好了，不仅手伸不进来，即使翻墙也翻不进来，就是说，不管大人小孩，没有我的同意，你是进不来的。对于架梯子这样的大胆行为，确实太过分，不报警，起码也可以让物业出来制止。有了制度保障的公共财产理论上是比较安全的，现实中出现的某些不安全事件的主要责任人，法律会让他们付出应有的代价。

这两个设想，不是说那些摘詹先生樱桃的人，没有一点儿责任。人们什么时候懂得如何尊重别人，遵守约定俗成的规则，我们的社会才会更加和谐和进步。樱桃吃了也就吃了，樱桃树砍了也就砍了，但樱桃树事件应该可以载入公民道德课本的，否则真是可惜了这个上好的素材。

7

那日，去绍兴宋六陵参观，南宋六位皇帝皆葬于此。然而，我并未见到气势浩大的陵墓，偌大的陵园，只见一些古松，低矮泛绿的，是一垄垄齐整的茶树。我数了数，只有八棵老一点儿的松树，也只有两百来年。南宋的皇帝，和他们的江山一样，命运不济。

想着皇帝们的命运，注视着那些松树，又浮想联翩。

先前，坟上种什么树，是有规矩的。

宋代赵令畤的笔记《侯鲭录》卷六，引《春秋纬含文嘉》说：天子坟高三仞，树以松；诸侯半之，树以柏；大夫八尺，树以栾；士四尺，树以槐；庶人无坟，树以杨柳。

一仞八尺，皇帝的坟三仞，高度应该十米不到。士的坟，一米多点。老百姓的坟，绝对不能露很高，否则就违法，不管你多有钱。

松柏，常青不落叶，常常用来形容品格高洁。大夫和士，不管品行有多好，也只能种一般的栾树、槐树，落叶乔木。

孔林中，哪怕是同宗，能立碑的，只有七品以上的官员孔，平民孔只能是一抔黄土，加几棵柳树罢了。

那杨柳，田边地边，水旁河旁，随地生长，虽满树枯枝，二月春风一剪，棵棵绽绿，率先报春。

柳树下，三两茅舍，炊烟袅袅，酒旗幌子在夕阳下摇动。这家客栈，在迎候旅人的到来。这些旅人一定都是普通百姓，官家去的都是高级宾馆。月上柳梢头，人约黄昏后。庶人平民在这样的环境下约会，想想也是幸福的。

坟上为什么要种树，除了树的象征意义外，我猜测主要有两个方面。

人类对树的自然崇拜。古人虽没有完全弄清，人从树上下来的进化过程，却也知道，人和树的关系一定密切，树极有可能是人类除山洞以外的第二个理想栖息场所。从哪来，到哪去，死了，也自然留恋树。

另外，树也是人类取之不尽、用之不竭的重要衣食来源。风雨中的茅庐，那柱子，那篱笆，那树皮、树叶，每一样都是温暖的屏障。春夏秋冬，人类可以从树上摘得各类鲜果，树也是哺育人类的母亲。

清代作家钱泳的笔记《履园丛话》，卷五《景贤·乡贤一》，讲了一个孝子在父母坟前种树，发家致富的有趣故事：

有个姓蔡的老翁，他家里很穷，靠帮人打工为生，家里仅种田一二亩，以此度日。父母去世后，他就在家的原址上将父母安葬，墓建好，土堆周边全都种上松树、楸树，并且编织好篱笆，将坟围起来。村人都不理解，笑他痴。

两三年后，松树、楸树，逐渐成长，树下长出不少鲜菌，当地人都叫它松花菌。这菌每天都长个不停，他早上摘一两筐到集市卖，能得数百文。如此十余年，他居然积资千金，以之买田得屋，有田数百亩，成为远近闻名的小富翁。

在我看来，蔡翁的发家史，其实就是一部孝顺史。

父母在，不远游，安心务农，虽然日子艰难，但能尽孝，这也是实在的日子。

父母去世，精筑墓，树成荫，他们也能长久地安息。

上苍对孝顺之人、老实之人的回报是丰厚的。

这一切是蔡翁事先都计划好的吗？很难说是计划，不如看作是好人的福报。即便是计划，那也是以孝顺为前提的，这需要孝心加时间。

这一个坟上树的故事，默默无闻，却十分温馨，中华民族的传统美德，草蛇灰线，伏脉千里。

1980年7月下旬，高考通知书即将发放，我情绪低落，外公却一直比我自信，不断鼓励，认为我一定考得上。30日晚，收到高考通知的前一天晚上，我亲爱的外公，突发脑出血离世。父亲在外公的坟的四周，种了一片杉。如今，杉树早已成林，清明扫墓，祭奠完毕后，我们常在林边小憩，缅怀外公。

1980年9月，我去浙江师范学院中文系读书。

教我们宋词的，是叶柏村教授。他虽个子小，但声音磁性十足，略带沙哑的那种。叶老师是国内著名的宋词研究专家，每每兴致所至，常常会吟唱一番。词的咏唱，我后来听了不少，大多字面上的激情有余，远没有叶老师那么有味道。叶老师说，好的宋词，在宋代就是流行音乐，会被人一遍一遍反复咏唱。

比如他吟柳永的《雨霖铃》，古韵长腔，抑扬顿挫，我们似乎和柳永一起在码头、在长亭，共同见证那悲切凄苦的场面。柳永词表达的是与恋人惜别的伤感，而叶老师的咏唱中，仿佛加进了唐玄宗对杨贵妃的那种刻骨铭心的爱，还有人死不能复生再也不能见面的哀怨。

1991年，叶柏村老师去世。他有遗嘱，请求将他的骨灰，埋在师大老图书馆附近的一棵扁柏下，不留姓名。这件事知道的人极少。我们回母校，总要去追思一下。扁柏已经长大，我们站在树前思念，叶，柏，村，有叶，有柏，有村（浙江师范学院1985年更名为浙江师范大学，地处金华高村）。树如人，扁柏的清香，伴着叶老师磁性的声音，那声音又清晰地回响在耳边。

世易时移，坟大多变成了碑。起先，树荫碑，碑掩树，不用多少时日，树就成林，成景，碑则成了符号。矮碑高树，那些逝去的灵魂，与大地同绿，与大地共生。从这个角度说，宋六陵成为一片松林和茶园，也算好事。

8

树是人们的依靠，有树的地方，就有荫凉，搭几根梁，扎一个棚，草屋落成。先在门前栽几棵树，再在村前村后种一排树、一片树。转眼间，那一片树，就成了一山的树，森林就长成了。它是人们的聚宝盆、取款机。

我在萧山益农，杭州最年轻的小城，一个从钱塘江海涂上围起来的小城里，就看到了一大片的聚宝盆。

这个四万多人口的小城“掌门人”毛夏云称这个“聚宝盆”为“围垦森林”。他很自豪：“这个名字是我取的，益农的这片森林是沙地上的森林，整整五平方千米，浙江省独一无二，全国也少见。它既是园林，更是森林，卖出去就是钱，长在地里便是风景。”

我们的车沿着宽阔便道蜗行，像大广场上将军检阅各个方阵的战士，紫薇、红叶石楠、皂角、龙柏、红枫、白杨、罗汉松、红叶李依次而来。它们向我们抬手敬礼，一株株皆长得粗壮结实，根扎沙地。初春时节，虽然寒冷，它们仍然朝气蓬勃，似乎都在整装待发，只听一声号令，时刻准备奔向战场。

我在一排紫薇树旁停下，细细观察。

这些紫薇，树龄不会超过十年。钱塘江边，初春微弱的阳光，被江雾遮得朦胧羞涩，紫薇们光着栗色身子，虽然细直，小枝杈却直向天空，它们似乎在比赛，经过一个冬天的力量积蓄，即刻就要爆发。

我们是不能小看这些紫薇树的，人会很快老去，紫薇却可以生长得很久很久。

我老家的田野里，两山夹着一块小平原，田角有一棵紫薇祖宗树，已经一千多年，杭州市十大古木之一。盗挖它的人，还被判缓刑二年。现在，它仍在栉风沐雨，花开花谢，不负韶光。

走过一段，我又看见了数片海棠小丛林，令人浮想联翩。

苏轼和陆游，都有诗赞海棠。

东坡诗云："只恐夜深花睡去，故烧高烛照红妆。"苏看海棠看不够，白天看，晚上看，夜深了，弄个烛灯还要赏。人世间，没有无缘无故的爱，这么喜欢一种花，一定是有缘由的，估计海棠懂他复杂的心思。

放翁诗云："虽艳无俗姿，太息真富贵。"陆的眼中，海棠艳美、高雅，这海棠就是眼中的杨贵妃啊，唐玄宗看来看去看不够，恨不得时刻含在嘴里。

我盯着海棠看，现在，它们没有叶子，看着有点儿像樱桃树，枝条虽朝天四散，但枝上仍有饱满的小粒，似果，又似花蕾。我想，这些海棠小丛林，马上就会浓妆艳抹的，叶会像梨树叶，圆而饱满，花会如大朵白色茶花，十朵百朵压枝低。你从花下过，定会香风阵阵。

我眼里，这些树和我们相伴，人和树相依为命。

有人和我不一样，别出心裁观察花树。宋代作家陶縠的笔记《清异录》卷上，就有《花经九品九命》，将一些主要花树，如人间官场，一一分类。

蜡梅、岩桂、碧桃、垂丝海棠、杏、樱桃、梅、杨花、梨花、千叶李、桃花、石榴、紫薇、海棠、山茶、杜鹃、刺桐、木槿、石竹等一百多种花树，都被一一授予不同品级，垂丝海棠排三品，海棠排六品，紫薇也是六品，都不小了，这些花树，围垦森林里基本都有。

站在益农小城边的朝阳闸上，俯瞰望不到边角的围垦森林，杂花生树，小河波光点点，风景连着风景，让人无限遐想。

忽然，一片树叶子悄悄地搭着你的肩，停在了你的臂膀上，你转眼一看，会心一笑，心顿时痒痒起来。

其实，每一棵树都是有思想的，它们向大地表达愿望，它们也仰望星空。谢谢火焰给了我们光明，我们始终不可忘记那些活生生的群树。如果群树愁苦，我们也终将痛苦不堪。

李白的天姥

题记

“天姥”因李白而大著名，但李白，却是追着谢灵运的脚步而来，他对谢家人有着天生崇拜。

李白半夜从绍兴镜湖飞过来，月下的影子只是点缀了一下湖面，一会儿工夫就到了剡地。

1873年的春天，杭州西湖，依旧桃红柳绿，春意盎然。曲园居士，德清人俞樾尽兴游览一番后，转而取道南下，他要去福建霞浦看望他的兄长，壬甫哥哥在那里做太守。

在这位翰林院编修的眼里，浙东诸山，以天台、雁荡为最，但去游玩的人还是少。其实，从杭州出发，五天可到天台，八天可到雁荡，实在是不算远的。他去看哥哥，擦着天台和雁荡的边走，都没有好好进山去玩。经过天姥峰时，山下有一天姥寺，因顺路，就拐进去看了一会儿。寺里也没什么景观，寺门外立着一块石头，上面写着："李白梦游天姥处"。俞樾对寺里的和尚说：不如删去"天姥"两字，只写"李白梦游处"，岂不更好？这次走得实在太匆忙，如果下次来，我就将这五个字刻到石头上。

显然，俞樾赶路是急了一点儿，没有好好欣赏浙东沿路的风景，但他未必不知，这是一条充满诗意的道路。我读他的《春在堂随笔》，至卷六这个情节时，心里和他有过小争论：删掉"天姥"两字，是显简洁，此地就是天姥山，不用再写天姥了，可李太白经常做梦，梦境也不止此处啊，有了"天姥"，也可以突出和强调嘛。

1. 谢公屐

"天姥"因李白而大著名，但李白，却是追着谢灵运的脚步而来，他对谢家人有着天生崇拜。

谢家人最有名的当数东山再起的谢安了，这位先生，放诞不拘，才高傲世，却也真是有才，以八万兵战百万兵，淝水之战中的淡定，唯宰相气度才能如此，这让李白佩服得五体投地。以谢安为首的谢家人，简直就是人才的集聚高地，谢安的侄女谢道韫，丈夫王凝之，王羲之次子；谢道韫有七个弟弟，老小谢玄，有个了不起的孙子，就是谢灵运，中国山水诗派的鼻祖。

谢灵运凭借父辈的资本，家产丰厚，仆从众多。他最喜欢干什么事呢？开山挖湖，没完没了，他这是在营造心中的风景呢。他还喜欢翻山越岭，总是到那些险而远的地方去，哪怕千难万阻，他也要想办法去游玩，山水在他心中烙下了深深的印痕，他的诗文，也就源源不断从心中流出。他引以为乐的事情，似乎就是山水了，别的什么也吸引不了他，即便做官，也是一天到晚与山水为伴。

谢灵运有一首诗，题目挺长，《登临海峤初发彊中作与从弟惠连可见羊何共和之》，可以看作是登天姥山的始祖诗：

攒念攻别心，旦发清溪阴。
暝投剡中宿，明登天姥岑。
高高入云霓，还期那可寻。
傥遇浮丘公，长绝子徽音。

长长的标题，涉及三个人名：谢惠连，从弟，比谢小几岁；羊，羊璿之；何，何长瑜，都是名诗人，后人称他们为“谢客四友”。也就是说，这首诗，是写给他们三个人的。

这是一次出游记。据考证，这次出游的时间为元嘉六年（429）的某一天，起点为始宁山庄（今浙江嵊州三界镇与上虞东山交界处）。谢灵运抛却思念和悲苦，早上从清溪出发，沿着剡溪而上，从彊口到天姥山，几十里路程下来，天已经黑了，那就住在天姥峰下吧，明天起来，就可以登天姥山了。天姥山虽不高，但也是值得攀登的，我们可以将其想象成高耸入云的高山，与天相接，也许，在云霓处，可以见到仙人，只是那样，我们以后就难以见面了。

古时的山路并没有那么顺畅，谢灵运得为他的出游开山劈道。《宋书》卷六十七，《谢灵运列传》记载：尝自始宁南山伐木开径，直至临海，从者数百人。临海太守王琇惊骇，谓为山贼，徐知是灵运乃安。

看看，他竟然带着数百人，从他家的别墅开始，一路往临海方向砍山伐树，要开出一条方便行走的游道呀，弄得临海太守还以为是山贼聚集造反呢！

谢灵运知道王太守的担心后，哈哈乐了，他赠了两句诗给王太守：邦君难地险，旅客易山行。

道开出后，总要享受的，他就是在这样的过程中享受。他穿着特制的木头鞋子，鞋子下装着结实的木齿，更高明的是，这些齿可以拆卸，上山，去前齿，下山，去后齿，真是既稳当又安全。这样的鞋子，就是“谢公屐”。

凭我年少时候经常砍柴的经验，上山，必须要有一双好鞋子。

我在新昌横板桥村的村文化礼堂内，就见到了陈列着的“谢公屐”，不过，这已经是改造过的鞋子了，用麻线织的底，鞋子周围一圈都有小纽扣耳朵，用带子穿起来，穿上长袜，一抽紧，上山下山，都不会滑出。

我曾和一帮朋友去上虞采风，到过谢安的东山，问起谢灵运始宁山庄的位置，都说不太清楚，但大致范围应该就在上虞和嵊州交界的这一带。眼前青山绿水一片，始宁山庄一定在魏晋的时空里存在过。

2. 天姥梦

俗谓，日有所思，夜有所梦。

李白游天姥山，穿着谢公屐，安全舒适，留下了《梦游天姥吟留别》。这是一个长长的梦，著名的梦，这个梦做到了极致，将他当时的追求、复杂而又矛盾的心情表达得淋漓尽致。

现在，我暂且析梦。我知道，我非专家，只能是浅浅的，表意的。

这场天姥梦，大致可以用下面几个场景拼接起来。

第一场景，梦缘：海客谈瀛洲，烟涛微茫信难求；越人语天姥，云霓明灭或可睹。天姥连天向天横，势拔五岳掩赤城。天台四万八千丈，对此欲倒东南倾。

人们常说东海中有仙山，仙山在哪里呢？仙山一定在茫茫而缥缈的滚滚波涛中，那实在是太难找到了。越地人说起天姥山，说那里云彩斑斓，云雾忽明忽暗，或许就是仙山。这天姥山，高耸得一直连着天，比五岳还要高。它附近的天台山，即便有四万八千丈，也像要倒向它东南一样。

第二场景，登山之前：我欲因之梦吴越，一夜飞度镜湖月。湖月照我影，送我至剡溪。谢公宿处今尚在，渌水荡漾清猿啼。

越人们的传说，就是我追逐的方向。关山重重，阻挡不了我矫健的身影。我自由飞翔，半夜就飞过镜湖上空。朝下看一看，嘿，那湖面上有个移动的影子，我知道，那一定是本尊的身影，接着飞，飞呀飞，剡溪就到了。嗯，那个地点，就是谢灵运住过的别墅，他们谢家人一直在那儿住着。不过，今天看来，有点儿荒凉，只见清溪长流，茂林修竹，空谷中，偶尔传来几声猿猴的清啼。

第三场景，登山所见：脚著谢公屐，身登青云梯。半壁见海日，空中闻天鸡。千岩万转路不定，迷花倚石忽已暝。熊咆龙吟殷岩泉，栗深林兮惊层巅。云青青兮欲雨，水澹澹兮生烟。列缺霹雳，丘峦崩摧。洞天石扉，訇然中开。青冥浩荡不见底，日月照耀金银台。霓为衣兮风为马，云之君兮纷纷而来下。虎鼓瑟兮鸾回车，仙之人兮列如麻。

这一大段描写，中心就是穿着谢公屐登天姥山沿途所闻所见。

好不容易得来的珍贵机会，必须起个大早，天还没大亮就出发了。这鞋子，设计得真是科学，上山一点儿也不累，没多少工夫，就到了半山腰，天鸡勤奋报晓，海上日出红火。天姥山处处美景，眼睛来不及看，看岩看瀑，看花看树，看云看雾，看鸟看猴。一会儿工夫，哎，怎么回事呢，天都已经暗下来了，时间在天姥山都变快了，可梦中人还是兴致勃勃。精彩的场景来了，前奏是，飞瀑激荡起的流水声轰鸣，间杂着怒吼的熊声，间或还有龙的长鸣声，忽然，电光闪闪，雷声阵阵，整座山在颤抖，整个森林在战栗！什么情况？有什么事要发生了吗？嗯，是神仙们要来了。石洞门慢慢打开，里面呈现出另外一个时空：蔚蓝的天空，耀眼的日月，金银宫阙，深不见底。神仙的排场好大，彩虹是他们的衣裳，风是他们乘坐的马匹，老虎来鼓瑟，鸾鸟在驾车，仙人们成群结队，身影密密麻麻。

第四场景，梦醒：忽魂悸以魄动，恍惊起而长嗟。惟觉时之枕席，失向来之烟霞。

是梦总要醒的，而美梦好梦，常常是在最精彩的时候断片，这个我也有体会。美梦醒来，都有点儿恍恍惚惚，摸摸头底下的枕头，摸摸身底下的席子，那些美景，去哪儿了呢？想着想着，不禁长叹数声，罢罢罢，都是梦。

第五场景，梦后感叹：世间行乐亦如此，古来万事东流水。别君去兮何时还？且放白鹿青崖间，须行即骑访名山，安能摧眉折腰事权贵，使我不得开心颜？

所谓世间的快乐，也不过如梦中所遇，自古以来，所有的事情，都如东去的流水一样，再也不回头。远去的朋友呀，你们什么时候才能回来呢？还是该怎样就怎样吧，将白鹿备好，一不开心，随时就可以出行。那些名山大川，一定能帮我们解除心中的忧愁，我等之人，怎么可能弯下腰来侍奉那些权贵而让自己不开心呢！

原来，做梦只是由头，他是以此梦来送别朋友，表明心志的。

李白本无意于官场，但朋友热情推荐，于是他满腔豪情入长安，想有一番作为。不过，他这样的性格，注定不会得意于官场。唐玄宗天宝三年（744），李白受权贵排挤，被放出京，回到东鲁（今山东）。还是远游去吧，《别东鲁诸公》，或者《梦游天姥山别东鲁诸公》，从这首诗的另外两个名称就可以清楚看出，别，只是为了表达自己的桀骜不驯。

3. 天姥山

现在我们来说天姥山。

天姥山，在现今的绍兴新昌县东南，东接天台华顶，西北连沃洲山。明万历《新昌县志》云：天姥高三千五百丈，围六十里，层峰叠嶂，千态万状，最高者名拔云尖，次为大尖、细尖，其南为莲花峰，北为芭蕉山，道家称为第十六福地。

谢灵运的登临海峤诗，第一次出现了“天姥”，为什么叫这个名呢？

新昌学者竺岳兵说，天姥，指的就是西王母，“母”与“姥”同音同义。

东汉的时候，佛法西来，发展势头迅猛，严重冲击着中国的本教——道教，道教必须寻找更有效的载体来宣传自己。神仙领袖西王母的传说逐渐从昆仑传播到了东方沿海，她掌管仙籍，众仙都有点儿怵她。《后吴录 · 地理志》载：“剡县有天姥山，传云登者闻天姥歌谣之响。”谁在唱歌谣呢？一定是西王母啊，她是在称颂这座山，歌谣就是唱给玉帝的情歌。

李白在做这场有名的“天姥梦”的数十年前，其实已经到过天姥山。

唐朝开元十四年（726），他第一次登天姥山，有《别储邕之剡中》诗为证：

借问剡中道，东南指越乡。
舟从广陵去，水入会稽长。
竹色溪下绿，荷花镜里香。
辞君向天姥，拂石卧秋霜。

深秋季节，他从广陵（今扬州）出发，从水路进入会稽，两岸的景色就不用细说了，竹茂林深，溪水绿漾，波平如镜，荷叶飘香。他要在天姥山上找一块仙石，躺在那上面，看满山红枫，看飞鸟流云，过他的神仙生活。

另一位叫李敬方的诗人，有一首《登天姥》诗，不如李太白的奇思妙想，却是实实在在的天姥：

天姥三重岭，危途绕峻溪。
水喧无昼夜，云暗失东西。
问路音难辩，通樵迹易迷。
依稀日将午，何处一声鸡。

这就是一般的登山了，不过，景色依然吸引人。新昌的文史专家告诉我说，李敬方这首诗中，他登天姥山的起登点，就在今天的横板桥村。现在，村里还有太白庙，莲花峰下，还存有占地近百亩的天姥寺遗址。俞樾看过的“天姥寺”，应该就在此处。诗人们的所有足迹都充分证明，横板桥村是唐代诗人们登天姥山的一个重要驿站。

己亥春日的一个午后，我到了天姥山脚的斑竹村，走谢公古道。其实，横板桥村的天姥寺遗址就有谢公古道。斑竹村和横板桥村，两村都在天姥山下，相距不过十来里路。长长的古道，保存完好，一直通往临海，沿途还有威震关、黑风岭，都清晰可见。

谢公古道，自然以谢灵运命名。谢灵运带着数百人上山伐树开道，就经过这里，现在，斑竹村还保留着完整的一千多米长、约两米宽的驿道。村里人说，先前，古道两边有不少客栈、驿铺，十分热闹。

显然，斑竹村人是真正理解了唐诗。

谢公古道的两旁，一幢幢房屋的白墙上，一首首唐诗极其醒目。他们甚至将诗刻在了酒坛上、竹筒上、木匾上、方砖上。四百多首唐诗，将谢公古道装点得诗韵芬芳。

4. 剡中溪

李白半夜从绍兴镜湖飞过来，月下的影子只是点缀了一下湖面，一会儿工夫就到了剡地。

东南山水，越为首，剡为面。

唐《元和郡县志》载：剡溪出（剡）县西南，北流入上虞县界为上虞江。

剡因溪名，而这剡溪，也因王子猷雪夜访戴而名。《世说新语》中记载的这个故事，人们看了差不多都会内心发笑：

子猷是王羲之的儿子，王献之的兄长，他官至黄门侍郎。子猷居山阴时，有一天晚上下大雪，他半夜醒来，推开窗户一看，一下就兴奋起来。他立即叫仆人温酒，四下看了看，呀，白茫茫一片真干净。子猷慢步徘徊，左思的《招隐》随即涌上心头，念了几句，忽然想到了好朋友戴逵，此时，戴正在曹娥江上游的剡县呢，即刻备船前往，我要去看戴兄！经过大半夜的快船，到了天亮时分，小船终于到了戴家门前，结果呢，却至门不入而返。人问其故，答曰："吾本乘兴而来，兴尽而返，何必见戴！"

这就是魏晋名士的风范，做人做事，自由随兴。

唐朝裴通这样描述剡：

越中山水奇丽，剡为最；剡中山水奇丽，金庭洞天为最……谷抱山阙，云重烟峦，回互万变，清和一气。花光照夜而常昼，水色含空而无底……真天下绝境也。

自晋始，骚客文人、社会名流纷纷进入剡中。佛教高僧支遁、竺道潜长期活动于剡东。王羲之、戴逵、谢氏家族等，都归隐终老于剡中。

1984年，竺岳兵就提出“剡溪是唐诗之路”。不过，那时，他只是从旅游的角度考虑。剡中，就是今天的嵊州和新昌。这块盆地呈三角形，数百平方千米，西北是会稽山，东北是四明山，南边是天台山。这里的水系，即剡溪和曹娥江，呈向心式集中。竺岳兵强调说，唐代时，这块盆地还是一片湖泊沼泽地，地面与海面的高程相差无几。大海涨潮时，就会出现海水倒灌现象。贯休有诗曰：“微日生沧海，残涛傍石城。”

嵊州金庭镇的金庭观，地处剡溪的上游，是王羲之晚年的隐居地和卒葬地。

我去金庭观膜拜书圣。观中的院子里，有两株参天古柏，人们说，这是书圣当年亲手栽下的。古柏的树干和虬枝，斑驳黑重，树干上的鳞纹，粗而糙，那是千年风雨的见证。观中的一块大石，光亮鉴人，那是书圣洗砚池中洗出来的光吗？

我想象着，那些唐代诗人们，在书圣墓碑前拱手作揖的样子，一定极为虔诚，这也是他们的精神偶像。

说了剡溪，还必须附带说一下另一条溪，越溪，就是若耶溪，在今天的绍兴市区，也被称为神溪。它长达百余里，一支流向著名的镜湖，一支和曹娥江相通。诗人往天姥山去，如果先到会稽，也必须经过若耶溪。

南北朝诗人王籍的《入若耶溪》有两句十分著名，“蝉噪林逾静，鸟鸣山更幽”，写的就是若耶溪两岸的景色。李白也有诗“若耶溪傍采莲女，笑隔荷花共人语”，那些美丽的采莲姑娘，一边采莲，一边说笑，清纯可人的姿态，让李白心醉。

欧阳修有一首词叫《越溪春》，写的也是若耶溪。后来，“越溪春”演变为数个词牌名中之一种，成为后人作词的样板了。

5. 唐诗路

竺岳兵虽已经八十三岁，却仍然精神矍铄，他为我们细细描绘了一条以李白为中心的“浙东唐诗之路”。

1991年5月，竺岳兵率先提出这个概念。1993年8月，中国唐代文学学会正式行文定名。这是继丝绸之路、茶马古道后的又一条文化古道。

从地理角度观察，“浙东唐诗之路”的干线和支线，自钱塘江畔的西陵渡（现在叫西兴）开始，过绍兴，经浙东运河、曹娥江至剡溪，至天台的石梁。新昌的天姥山景区、天台的天台山国清寺等是精华地段。支线还延续至台州及温州，跨越几十个县，总长达千余里。

从诗歌史上统计，“浙东唐诗之路”有451位诗人，留下了1 505首诗篇。我们再将这些数字立体化：《全唐诗》收载的诗人2 200余人，差不多有1/4的诗人来过浙东；唐时，浙东的面积只占全国的1/750。还有一个数字，《唐才子传》收录才子278人，上述451人中就有173人。众多的诗人，还是高水平的诗人，为什么如此集中地歌唱这片窄窄的山水呢？

仅凭浙东浓郁的魏晋遗风，就让这批诗人如过江之鲫，纷纷而来。

活跃在政治、文化舞台上的许多人物，都在这片土地上居住着，他们犹如魏晋星空中闪亮的明星，光耀大地。

旧史有称“今之会稽，昔之关中”，说的就是能够影响东晋政局的士族，而这些士族，有许多都居住在会稽。干宝、郭璞、谢安、谢道韫、谢玄、谢灵运、王羲之、王献之、顾恺之、戴逵、葛洪、王导、桓温，人人有名；政治家、军事家、玄学家、文学家、书法家、画家、天文学家，家家有名。

另外，“佛道双修”的“山中宰相”陶弘景，隐居天台山与括苍山多年；著名道士司马承祯在天台山隐居三十年；高僧智顗，集南北朝各佛学派之大成，在天台山南麓国清寺创立天台宗；高僧支遁，在剡中沃洲创立著名寺庙。

而如前所述，仅谢家的两位，谢安和谢灵运，就足以让李太白醉倒。

顺着竺先生的诗路，我仿佛看见，唐代的天空下，一个个诗人，个性鲜明，涉水爬山，神情笃定地行走在来浙东的路上。

杜甫晚年定居成都草堂后，写有一首自传体五古长诗《壮游》，他的大半生都可以从诗里读到，其中就有游浙东的经历：

枕戈忆勾践，渡浙想秦皇。

蒸鱼闻匕首，除道哂要章。

越女天下白，鉴湖五月凉。

剡溪蕴秀异，欲罢不能忘。

归帆拂天姥，中岁贡旧乡。

气劘屈贾垒，目短曹刘墙。

从二十岁开始，杜甫结束了他的读书生涯，开始在全国各地壮游。除了二十四岁回京考试外（自然是落第），一游就是十年。这个“壮游”，是老杜自己说的，说明他读万卷书还不够，还必须走万里路。其实，他的壮游，也是在寻求做官之道。这一游，就游到了江南和浙江，这一带的山水和人事，让他流连了四年。不过，此段壮游经历，为他拓宽了视野，打开了心胸，心里装得下河山，还装不下那点儿人事吗？杜甫这一时期的诗风，也和后面直面现实时完全不同，年轻气盛，毕竟还是有些理想的，浪漫色彩在诗中的体现也属自然。

春风得意，少年才子，绯闻也最多的元稹，官场起起落落，曾经官至宰辅。担任宰相期间，却被觊觎宰相之位的李逢吉构陷，贬为同州刺史。长庆三年（823），调任浙东观察使兼越州刺史，这一待就是六年。因此，严格说来，元稹在浙江，其实也是贬官。不过，他兴修水利，发展农业，政绩突出，做事作诗，一如既往，百姓拥戴，名声颇好。

元稹到了绍兴，就在镜湖的东面找了一块地方，背山临水，建起了他的安乐窝，像蓬莱仙境一样的地方。巧的是，这儿原来是诗人张若虚的老宅，一安顿下来，他就迫不及待地写诗给白居易（《以州宅夸于乐天》），诗中如此得意地唱道：

州城迴绕拂云堆，镜水稽山满眼来。
四面常时对屏障，一家终日在楼台。
星河似向檐前落，鼓角惊从地底回。
我是玉皇香案吏，谪居犹得住蓬莱。

铁杆好友这时在杭州做市长呢，他收到诗后，立即回诗，大夸元稹的蓬莱仙居：

贺上人回得报书，大夸州宅似仙居。

厌看冯翊风沙久，喜见兰亭烟景初。

日出旌旗生气色，月明楼阁在空虚。

知君暗数江南郡，除却余杭尽不如。

会稽的山水，让元稹无比兴奋，过了不久，他又相邀好友（《寄乐天》）：

莫嗟虚老海壖西，天下风光数会稽。

灵汜桥前百里镜，石帆山崦五云溪。

冰销田地芦锥短，春入枝条柳眼低。

安得故人生羽翼，飞来相伴醉如泥。

乐天老兄，快快来吧，天下风光就数这里最好了，湖面宽阔，洁白如镜，溪水潺潺。春天来了，柳树的枝条柔软得让人心痒，您最好生出一双翅膀，赶紧飞过来，我们一起，一醉方休!

其实，在元稹大夸会稽的时候，他应该知道，他这位好朋友，年轻时曾经在越州避过乱，白居易少年时作《江楼望归》就写的是这个时候：

满眼云水色，月明楼上人。

旅愁春入越，乡梦夜归秦。

道路通荒服，田园隔虏尘。

悠悠沧海畔，十载避黄巾。

只不过，年少，再加上动乱的年景，风光就不那么动人罢了。

不过，从此，会稽的蓬莱就名动天下了。

我去绍兴府山，那里历史遗迹十分丰富，有越王台、越王殿、望海亭、文种墓、清白亭，蓬莱阁也极显眼，那是2008年重建的。明清风格，三重檐歇，檐角层层外挑。那檐角，尖而锐，穿树而向空中，嗬，那是指元稹的才气冲天吗？

不过，《旧唐书·元稹传》对元稹评价实在不高。元稹广招文人，聘为幕宾，大部分都是当时的名士，比如副使窦巩。他们结社于镜湖、秦望，每月三四次，互相酬唱。窦巩名气最大，与元稹酬唱最多，时号“兰亭绝唱”。而且，此时的元稹，似乎有点儿放荡不羁，喜欢财物，但不太修饰边幅。他还与美女刘采春两情相悦，卿卿我我。总之，在《旧唐书》的写作者看来，元稹在越州，虽留下了不少诗文，却是个不务正业、吊儿郎当的官员。

贺知章，越州永兴（今浙江杭州市萧山区西）人，一生荣耀。

他退休回家，弄得动静也很大，皇帝赠诗，很有面子。他回浙东后，对四明山进行了全方位考察，还一一画了图。

我在余姚的梁弄街道参观，那里有个后陈村，还有一座保存比较好的桥，名为贺水桥，溪也叫贺溪。当地人说，这都是为了纪念贺知章。贺知章有一首《题袁氏别业》（一作《偶游主人园》）的诗，写的就是访问四明：

主人不相识，偶坐为林泉。

莫谩愁沽酒，囊中自有钱。

我就是偶然走走，走到你家别墅门口坐一小会儿。你不要担心呀，你如果想请我吃饭，尽管好酒好菜端上来，老汉我衣袋里，有的是钱。

贺的诗，一如“少小离家老大回”那样通俗亲切。哈哈，一个退休的干部，有文化，有名望，兜里也有一些散碎银子，说话的底气就是不一样。

除李白、杜甫、白居易、元稹、贺知章外，孟浩然、孟郊、崔颢、刘禹锡、贾岛、李嘉祐、严维、罗隐、丘为、温庭筠、陆龟蒙、皮日休、陆羽、韦庄、卢纶、皎然、贯休、寒山、拾得、张志和，我的桐庐老乡方干、施肩吾、徐凝，等等，都行走过这一条充满诗意的路，灿若星辰。

6. 西陵渡

2019年2月25日下午，久雨的杭州放晴，我前往西兴。车过西兴大桥，拐个弯就到了钱塘江南岸的西兴老街，我去寻找诗人们出发的西陵渡、西陵驿。

西陵渡，浙东唐诗之路的头一站，所有诗人的必经之渡，它是浙东运河的起点，南来北往的关隘。西陵渡有西陵驿，漫长的行程，先住下来，调整一下心情，坐船候渡。前往越中，需要等待。

唐长庆二年（822）七月，白居易到杭州做刺史。不久，他就渡过钱塘江行走越中了。他先住西陵驿，在驿馆写下《宿樟亭驿》：

夜半樟亭驿，愁人起望乡。
月明何所见，潮水白茫茫。

樟亭驿就是西陵驿。钱镠嫌“西陵”之“陵”不吉利，遂改“西兴”。民国《萧山县志》说：“西兴驿，唐之庄亭也，宋曰日边驿。”庄、樟、妆音近。

这首诗似乎有点儿伤感。白市长显然是刚来杭州不久，睡眠还没有调整过来呢，躺到半夜，仍然没有睡意，那就索性起来，伫立驿馆的楼台外远望。夜都已睡去，寂静无声，明亮的月光下，白茫茫的钱塘江水不知疲倦地奔涌着。

估计是西陵驿风景不错，白大诗人，后来又写了一首《樟亭双樱树》：

南馆西轩两树樱，春条长足夏阴成。

素华朱实今虽尽，碧叶风来别有情。

此诗应该写在天气比较炎热的夏季，他住在驿馆的南楼西边，窗前就有两棵长势良好的樱桃树，虽然樱桃果子已经没了，但碧绿的叶子在微风中摇曳，实在让人神清气爽。

唐大和七年（833）十月三日，李绅担任浙东观察使兼越州刺史。他渡钱塘江到了西陵渡，正遇久雨天，刚成熟的水稻受淹，快淹到稻穗了，“冬雨害粢盛”。他向东祭拜大禹求晴。天果然晴了，居然连晴三十五天，他的《渡西陵十六韵》诗特地记载了此事。

我在西兴陈列馆里，见到了和西兴有关的几位名人，勾践、范蠡、李白、贺知章、谢惠连等，这个谢惠连就是前面谢灵运诗里提到的族弟。

一条不宽的河道，两街夹紧的头上，有一个老渡口，这里就是著名的西陵渡。渡口旁边立有全国重点文物保护单位的碑。2014年，大运河申遗成功，自然也有西陵渡的功劳。此渡的开凿年份，应该可以追溯到春秋时期。西晋怀帝永嘉元年（307），会稽内史贺循主持开挖西兴运河，连接曹娥江，一直到宁波甬江入海口。渡口游人极少，行人也不多，几位老人在阳光下聊天。我沿着河往前走，我知道，前面不远就是滨康路。拐进河边的西兴老街，街道逼仄，没多久，就看到了“西兴驿”的标牌，也就是唐朝时的“西陵驿”。建筑已毁，码头废弃，一堵墙上立着张祜的水墨像和他的《题樟亭》：

晓霁凭虚槛，云山四望通。

地盘江岸绝，天映海门空。

树色连秋霭，潮声入夜风。

年年此光景，催尽白头翁。

西兴，自古就称“东南都会、宁绍襟喉”，驿馆的规模，我想也不会小。据《萧山县志》记载，清乾隆年间，西兴驿还保持着明代规模，有房子十二座，人员有驿丞一名，攒典一名，驿皂两名，纤夫一百四十二名，驿水夫七十名，探听夫一名，代马竹兜夫二十五名，渡夫十六名，轿夫十名。船只有站船七只，红船四只，中河船四只。这些船都停放在驿前运河里，就是我刚刚走过的那个西陵渡，所以这段河道应该特别宽阔，否则容不下那么多官船。

再往前走，西兴老街北侧有“铁陵关遗址”。我在遗址前寻找，只有墙角一块断条青石，嵌在墙基边，约九十厘米高，纹路粗糙，看不出有什么名堂。一货车司机，捧着一碗饭在吃，他看我蹲着站起，看来看去，莫名其妙。我笑着说，这块石头，已经有两千五百多年了，越国的范蠡，在此筑固陵城抗击吴国。这铁陵关，是越国固陵城的一个重要军事隘口。司机摸摸头，也笑了。我思忖着，这个铁陵关，紧挨着西陵驿馆，唐朝的时候一定有遗迹在的。诗人们夜宿馆驿，免不了东看西观，抒发一下澎湃的激情。不过，他们更向往的是越地，是剡溪，是谢灵运，是天姥山。

脚著谢公屐，身登青云梯。

不过，我去天姥山，只买了一双谢公屐权作纪念，白日里却是穿着运动鞋上天姥山的。

我教儿子写作文

题 记

功夫在诗外。……作文的许多功夫都是在诗外的。达·芬奇画蛋，万丈高楼平地起，观千剑而后识器，大概都是这一道理。

孩子作文往往头痛，不过我们家小乐还是比较快乐的。小乐并没有成为一个作文高手，并没达到“弦弦掩抑声声思，似诉平生不得志”之境地，不过现在的他，想说的想做的，都可以用他的笔很轻松地写下来。我认为，对于祖国语言文字能够熟练运用，并且有自己的思考，这就够了。

1. 第一次作文

相比现在的小孩子上一年级开始就急急忙忙地写作文，我们家小乐写作算是很迟的了。小学三年级刚上不久，有一天放学回家，小乐很兴奋地对我说，爸爸，老师说，我们要开始写作文了，作文是个什么东西啊？作文难写吗？我笑笑，说，作文不是个东西，作文不难写的，作文就是你平时说话，你怎么说话就怎么写，你平时说话难吗？小乐很认真地思考了一下，然后若有所思地“噢”了一声。

也是凑巧，那时我们那个地方刚好要举办一个“药王节”。大家知道的，办节嘛，活动总是很多的，其中有一项活动就是灯会，这个灯会是放在药王山上举行的。我想，那精彩的灯会一定可以让小乐练习作文的。于是，灯会开始的那天，我就对小乐说，今天晚上爸爸带你去写作文！他一听很激动，写什么作文啊？我说我们去看灯会，看完后回来写。我让他准备一个小本子，还准备了一把手电筒，上山用。

一切准备就绪，我带着一个傻头傻脑的对作文充满向往的不知天高地厚的小学三年级男生，向着我给他埋伏好的作文圈子出发了。我是一路交代着：看灯会都有些什么人？他们在哪个景点前最兴奋？为什么会兴奋？从山脚往上看是什么景色？半山腰看是一种什么景色？山顶朝下俯瞰又是一种什么景色？因为那座著名的药王山处在两江交汇处，可以说是处处时时景色都不一样的。还有，灯会的灯都是由各式各样的动物造型组成，所以，我就问他，那个大象和恐龙有多大（他最喜欢这两种动物）？为什么会动呢？孔雀开屏和动物园里的真孔雀开屏有什么不一样？灯的颜色是怎么样变幻的？我认为，人有了，事有了，景有了，这个作文应该就可以写了。

回到家，小乐很谦虚地问：爸爸，我要怎么写这个灯会呢？我说，你就按上山的顺序一件件地记下来，明天交给我。第二天晚上，他交给我一篇题为《药王山逛灯记》的大作。我一看，不得了，洋洋一千三百多字。我问，作文难写吗？他说，不难写，我就是按你昨天晚上和我说的写的。细细一看，还真像回事，虽然很啰唆，连我没让他数的上山台阶他都留心数了，虽然很多错字别字，“活龙活现”应该是“活灵活现”吧，我还是表扬了小乐：不错不错，蛮好蛮好。当然，我要当着他的面改病句，改错别字。我帮他改错时，他很认真地看着，嘴里还不停地“噢噢”，大概他认为这是件很新鲜的事吧。

还是凑巧，那时我们县里刚好举行中小学生写作大赛，于是我就让他将改好的文章寄给大赛组委会，结果，他这篇处女作得了个优秀奖。那天，小乐回来后扬扬得意地说，今天老师表扬我了，说我的作文得了优秀奖。我说，嗯，不错，但那是老师们鼓励你的，不要太当真。

2. 魔鬼式周记

在小乐的作文教学中，我实行了两个偷懒的办法，总的指导思想是，既要让小乐的写作上轨道，又不要让自己太累。第一个偷懒的办法是：三年级开始写作文，强行要求写三段，字数在三百字以上。首段写出缘由并引出下文，中间段可以自由展开，结尾段把要交代的事情写完整。我的意思是，一定要完整，因为他要去适应作文考试的啊。

按这个思路，四年级就是四段，首尾两段，中间扩展为两段；五年级就是五段，首尾不变，中间扩展为三段。字数要求，四年级以上要求每篇不少于六百字。六年级就不管这些具体指标了。这里还有个时间要求，也就是说，六百字左右的文章，必须在三十分钟内完成。三十分钟的写作时间，又强化训练了好长时间。我用毛主席的故事开展励志教育，这个故事我到现在也不知道是真是假，说是毛主席年轻的时候，为了锻炼自己的意志，经常到闹市区读书，不管有多少人都如入无人之境。

那时我们家住着不大的房子，客人来了，他正好在做作业，这是经常发生的事。常常是我们说话，他就在旁边写作文。于是，我就和小乐说，你要学习毛主席，还要学习和尚的静心打坐，要进入自己的写作场景中去，想你要写的人，想你要写的事，想那些具体的细节，认真地想，和文章中的人和事交流。这样你就听不到我们说话的声音了。不管有没有用，反正，他必须在规定的时间内完成作文。

第二个偷懒的办法是让他写周记。具体的要求是，从四年级起，强化训练，每天一篇，每周五篇，周六的时候我检查。周记的原则是，写作内容不再固定，想写什么就写什么。每天一篇，太多了吧，要他命啊，小乐妈妈很心疼。我说，我是因人施教，你别管。当然，开始几周，我是很注意他的情绪的。小乐这时候最大的困难是，不知道什么好写什么不好写。这个时候，饭桌的交流就成了他晚上作文的定题会了，这个有点儿像做媒体的内容谈版会：今天有什么新鲜事？学校和同学中有什么新鲜事？上课讲到了什么内容，哪些内容印象比较深刻，一个成语还是一个定理？各科老师上课有些什么特点？哪个老师的课最吸引你，为什么吸引？上学路上碰到了什么好笑的事？这个办法的最大好处是有约束性，你想想看，他每天必须写一篇，如果今天落下了，明天就变成债务了，债务一多，他什么事也别想干好。所以，“谈版会”的结果往往是，他晚饭一吃好，第一件事就是把周记快速地写好，然后如释重负地去做其他作业了。

我把这叫作小乐的原始创作冲动。我常常是从欣赏的角度看小乐的周记，周六，一杯茶，慢悠悠，然后像模像样地煞有介事地并故作正经地写一些评语，因为我在周记中看到了小学生的五花八门的学习和生活，而我认为这种生活是非常真实的。在小乐的笔下，他观察到了凌晨早起的环卫工人，“背着一把长长的扫帚，似乎要把夜空扫尽，扫出干净的黎明”；在寒冷的冬季，小乐经过公交车站，看到“穿着单薄的短裙的大姐姐们，围着长脖，两手捧在嘴边搓手哈气，不断地轮换跺脚”；有他自己练自行车，练到嘴里磕掉了一颗牙的经历；还有他做坏事的证据。一次我下班回家，楼下的一位退休老师在大发脾气，谁家的小孩子这么淘气，把他一盆开得好好的菊花给折断了。我起初没当一回事，后来，在小乐的周记里读到这样一段文字，大意是：他今天心情不大好，一步步上得楼来（我们家住五楼），在四楼楼梯口，一盆开得很高兴的菊花对着他笑，他就很愤怒，凭什么你这么开心，于是他就快速地狠狠地把一个很高兴的菊花头给掐断了。我看到这样的文字后，在这篇文章的后面批了两行：写得很好！景由情生，“春风得意马蹄疾，一日看尽长安花”就是一种快乐的心景，但你明天必须向楼下的爷爷道歉！

对于第二个偷懒的办法，我一直坚持抓落实，四年级结束，小乐写满了三个本子，大约有一百五十多篇各式各样的周记。而他妈妈往往是他周记的忠实阅读者，甚至他的语文老师也常在她们教研组抢着读小乐的周记，估计她是把它作为了解学生的一个有效的窗口了。后来，语文老师也在班上要求全体同学写周记了。小乐说，他把那些同学坑苦了。

3. 连滚带爬的阅读

前段时间我看了台湾郝明义的《越读者》很有感触。他将阅读和饮食相比，说我们的阅读也有四类：主食阅读——“生存需求的阅读”，美食阅读——“思想需求的阅读”，蔬果阅读——“工具需求的阅读”，甜食阅读——“休闲需求的阅读”。而对于学校那些称为主食的教科书和教参书，郝先生认为，只能称为维生素A或者维生素B。我们的孩子有许多是维生素吃多了，而长身体需要的各类食物却摄取很少，于是就营养不良，长久下去，还会影响国民身体素质。

我虽然没有那么科学合理地为小乐安排饮食，但一直在努力地做一些补偿的事情。饮食均衡，才能强身健体。

我们家的沙发上，一定放着两本字典，一本是《新华字典》，另一本是《辞海》，大多时候就任其乱七八糟地躺在沙发的怀里。什么时候用呢？用的时候多着呢。比如我们看电视时，有一个什么字很陌生，于是赶紧吩咐他：小乐，快去查一下，这个字到底是什么意思？碰到一个新奇动物，就赶紧请教他：小乐，这个你是专家，这是个什么动物呢？于是小乐只好很认真地读书，他会把名称、产地、体重、动物的习性，以及这种动物有什么故事，都如数家珍般向你道来。还有，电视上说哪个国家发生战乱了，赶紧叫他：小乐，这个国家在什么地方啊？有多大呢？为什么会发生战乱？你想想看，什么人一旦被称为专家了，他如果还有不懂的，那不是很没面子吗？有的时候呢我们是真不懂，有的时候我们是装不懂，不管懂不懂，一定要很诚恳，否则他会不高兴的。所以，虽然小乐从来没有出过国，但两百来个国家和地区的国旗（区旗）啊什么的，他小学的时候就认得很清楚。

我一直以为，历史和哲学能帮助我们认识未来。所以我也是有意无意地给小乐“填鸭”。《三国演义》电视剧正热播的时候，有个朋友刚好送来一套六十五本《三国演义》连环画。借着电视，我先大致给小乐讲一下是怎么回事，再让他一本本地看，看到后来，小乐就开始当我们的老师了，关云长的大刀有多重，诸葛亮如何去借东风。后来，《水浒传》热播的时候，我们就如法炮制，有很长一段时间，一百单八将，他都能一个个地说出来。随着他读书的增多，我最后只好咬咬牙买下一套白寿彝主编的二十二册《中国通史》，意思很明白，如果要全面而准确地了解历史，就一定要读正史。当然，我自己也是要用的，遇到不明白的地方，就认真地翻翻历史，而不是一味相信电视剧。

至于哲学就更有趣了。我曾向小乐吹过这样的“牛皮”，说是世界上任何东西都是可以联系起来的，只要你想联系。于是他就难为我：那么，怎样把我们楼下这棵树跟美国总统联系起来呢？我的回答是：这确实可以联系的。第一，他们都是一定的物质，都以一定的方式存在着；第二，他们都存在于一定的空间，都以一种方式在生活或生长着。第三、第四、第五，他说，他知道了结局，美国总统死了，要用棺材。哈哈，说实话，结局我也没有想好。虽然有些牵强，但我是在告诉小乐，世界上任何事物都有相连性和相关性，我们不要被事物的表面所蒙蔽，地湿了并不一定是下雨的结果，往地上泼一盆水地照样会湿的。

这的确是一种很好的思考方式，这种方式的好处就在于，它能大大地打破小乐原有的思考模式，而且他运用这种模式思考和作文往往会有出人意料的结果。也就是说，他已经充分尝到这样思考的甜头了。有一次，小乐甚至和我探讨地球爆炸后宇宙的格局问题。我大吃一惊，他怎么可以这样思考呢。他反问：你认为地球不会爆炸?

阅读有的时候并不需要一本正经。我们家里长年订有各类报刊。从小乐上小学起，我就给他订《微型小说选刊》《少年文史报》《小溪流》等，随着他年龄的增长而选择性地订阅，细数起来，不下几十种。现在，当然要看《三联生活周刊》什么的了，因为他完全有自己的独立思考。查字典，让他自己认字，而不要来烦我，因为有很多字我也不认识；学会到书店独立买书，也是一件很有意义的事。小乐很小的时候，我就向他传授买书的“诀窍”，这可是我个人的经验，别人不敢传授，自己儿子没关系的。你问我教孩子买书要注意什么？我觉得大致有几方面要考虑：一是你希望是主食还是美食，抑或是蔬果甜食，内容一定要有所选择；二是出版社我是很注意的，不是看不起小出版社，我大多选择京沪等老牌著名出版社，因为他们出版的门槛高，一般不太会有次品；三是一定要看一下书的前言和后记或者目录以及最后的版权页，那上面有很有用的信息。通过这些判断，再加上合理的价格和书的设计，你大致就可以选择一本书了。开始是我带着小乐买，几次以后，我们一起进书店，通常都是我给他规定：今天你可以买三百块钱左右的书。后面我就不管了，往往是他买的书，我也要拿来翻翻的。有次他居然买了本霍金的《时间简史》，让我对小乐的读书方向有了新的认识。

小乐问，对于读不太懂的地方怎么处理？我说，我一向的原则是，一些地方读不懂没关系，爸爸也有很多书很多地方读不懂的，读不懂的地方跳过就是了，连滚带爬地跳过，读到最后可以再回过头来读，总有明白的时候。

4. 拳打脚踢的散打时代

前面我讲过了，小乐的作文，在他六年级的时候我就基本不管了，这个基本不管，就是我不再一字一句地替他改，而是和他讲立意，讲结构，讲人物，讲语言。

这里还有件关于阅读的事想说一下，这就是小学六年级的古文选读。这个我不认为是维生素A或者维生素B，而是美食。事情的起因是，我一个很要好的同学缠着我，说他儿子古文底子不好，要让我辅导辅导。我想想，也是，小乐根本就没什么古文底子，就把他俩放一起教好了。于是，我就在每周六的晚上，抽两个小时来给两个小学六年级的男孩恶补古文。我选用的教材都是比较浅显的文言文，按时间先后，从《诗经》开始，到先秦古文，再到汉乐府，唐诗宋词元曲，方法很原始，先是我朗读，然后他们再跟我朗读，然后我串讲，最后他们读，一定要读得比较流利，这次课才会结束。我的作业是，下次课先背诵全文，然后他们讲故事给我听，然后我抽查关键词句。如果背不出，背不流利，故事讲不好，就停止上新课。这样做的好处是，小乐他们脑子里有一些"参照物"了，这些可是经典的参照物，这些"美食"在学校里很难吃到，他们对付学校里那些教科书就够头痛了。这些经典参照物在拳打脚踢的散打的时候，一定会派上用场的。

我所说的小乐的"散打时代"，是他在各个报刊投稿的那个时期。四年级的暑假，他在爷爷家待了很长时间，回来后，看他的周记里有一篇《我晒黑了》。我觉得，他不写其他，只从晒黑着手，写他快乐的暑期生活，特别是他和爷爷一起做的一些“体力活”（老父亲退休后一直住在农村，适当的农活使他的晚年生活很充实），很有意思，既知稼穑之艰辛，又真正体味到粒粒皆辛苦，真是件好事。于是，我就怂恿小乐：《少年文史报》经常有学生的习作发表，你何不寄去试试？他听了很受鼓舞，结果是，他的文章被放在显著位置发表，还得了十二元稿费。他的语文老师也引以为自豪，因为这都算她们的教学成绩啊，据说评职称评先进都可以派上用场的。

有一年，大概是初二的暑假，小乐读了笛福的《鲁滨逊漂流记》后忽然心血来潮，他也要写一部类似的小说。小说可不是那么好写的，他冥思苦想，一会儿去查中文词典，一会儿去翻英语词典，又去看什么世界地理，折腾来折腾去，大约有一周时间，他的现代版的《鲁滨逊漂流记》终于“杀青”。对于他这一万多字的劳动成果，我当然要装得兴致勃勃，要赞扬他，不管写得怎么样，哪怕写得一点儿也不像样，我还是要给他高度的评价，因为这是他自己琢磨出来的。小说虽然后来不了了之，但他已经深知写作的难度了，只凭一腔热情，是做不好的，那些写作前的准备，看似可有可无，其实是必须的。他连整个世界是怎么一回事都不清楚，如何能创造出一个小说的环境呢？他连小说最基本的要素都没有弄清楚，怎么能安排好一个完整的故事结构？所以我很理解，现在有很多孩子都在写武打小说、玄幻小说，打来打去，冤冤相报，男女情仇，南宗北派，这种写作过过瘾可以，但收益实在不大。

小乐高二时的春节，我让他当了回作文老师。小乐的堂妹小越那时刚读初一，其他功课都好，就是有点儿怕作文。年夜饭后，一家人围炉在等春晚，这时候他婶婶发话了，小越的作文不太好，请大作家指导一下。我一看情势，怕是难推，于是就近找了个话题。客厅有一个为迎新刚换上去的窗帘，窗帘是半卷着的，只显示上半截画面，展现在大家面前的有茂密青翠的森林，有草地，有人，有只露一小半的池塘，有亭子。大作家开始出题了，请大家充分展开想象，试想一下这幅画的下半截会是什么图画？而且还要根据自己的描述为本幅画取一个标题。为配合我的工作，大人们也都装着很认真的样子，一个个踊跃发言，思路也相当开阔。我见大家说得差不多了，就将下半截窗帘缓缓展开。这个时候，大家都屏气凝神，都在检验自己是不是有和别人不一样的观察力。

这样的过程是很有趣的，之后，我开始给小越同学布置作文题：请把刚才的场景记录下来，并取一个标题。然后接着布置，小越的作文初稿写完后，交给小乐哥哥，小乐全权指导。一石二鸟啊，我很得意。接下来，小越同学就很麻利地跑到楼上开始写作文。四十分钟后，小越把作文交给小乐同学指导。他叔叔很着急地问小乐：怎么样？怎么样？小越的文章写得怎么样？小乐很含蓄地回答，还可以的！这下，他叔叔放心了，说小乐认为还可以肯定是可以的，他很相信小乐。小乐后来也是如法炮制，指导小越妹妹，将文章修改好，投到当地一家媒体。当时，很多媒体都在刊载中小学生关于寒假生活的作文，结果是，小越的《早春》，开天辟地赚得了五十元稿费。作文关就这么轻松地迈过了。小越现在在本省一所著名的重点中学上高三，成绩好得很。

“锦囊”四则

第一，长和短。雕刻家告诉我们说，雕刻人的鼻子的时候必须是由大往小里雕，而雕刻人的眼睛的时候必须是由小往大里雕，否则你就不好完成。小乐的作文一开始都写得比较长，因为我和他说过，作文就是说话，说话不可能做到很简洁。一段时间后，我就告诉他，这段可以有，这段不可以有，为什么这个可以有，为什么这个不可以有，要看具体文章。一梳一理，长文章就变短文章了。这就是作文书上说的剪裁和选材。如果你一开始就和他讲这些道理，一般的孩子肯定是云里雾里。

第二，角度问题。人家问我写作最要注意什么，我往往只有六个字：角度小，角度新。角度越小越好，小是新的前提，新是小的体现，两者相辅相成，互为因果。小乐的周记大多都能按照这个要求，题材五花八门，有的甚至很搞笑，所以可读性比较强。

第三，修辞表达。把话讲通是语法，把话讲好是修辞。同样一句话，同样一件事，不同的表达效果完全两样。起初训练的时候，往往要具体到一句话。比如描写赛车手驾车冲黄河：1分58秒后，一条抛物线从山西的一端划到了陕西的另一端，跑车准确落到了预定的着落点。小乐明白这个道理后，他自己就会去琢磨玩味。不是说所有的句子都要这样，只是关键段落、关键句子，修辞到位，点石成金。

第四，功夫在诗外。读者应该看出来或体会到了，作文的许多功夫都是在诗外的。达·芬奇画蛋，万丈高楼平地起，观千剑而后识器，大概都是这一道理。